AF192366

Adrian Hofler wächst in der DDR auf und tritt in die Fußstapfen seines Vaters, erlernt den Beruf des Metallfacharbeiters. Dann kommt die Wende, und er gerät in die Mühlen von Insolvenz, Abwicklung und Jobwechsel. Er schafft den Übergang, doch ist ihm nicht klar, wie diese Welt der Hierarchien funktioniert. Die Strukturen, Abläufe und Handlungen in den Firmen erscheinen ebenso sinnentleert wie uneffektiv, und er lässt sich zu unbedachten Taten hinreißen.

Andreas Eichelberger

Die Stufen des Glücks

© 2023 Andreas Eichelberger
Herstellung und Verlag:
BoD – Books on Demand, Norderstedt
ISBN: 9783757806439

Das Leben ist schmerzhaft und enttäuschend.

Michel Houllebecq

In der Etappe

Manchmal habe ich das Grab eines Freundes aus Kindertagen aufgesucht. Er war früher mein Spielgefährte. Etwas zu feist geraten, wurde er oft Zielscheibe des Spottes, doch wir verstanden uns gut. Ich nahm daran nie Anstoß. Später, er war schon ungefähr achtundzwanzig, wurde er fettleibig, erkrankte und starb. Das hatte er nicht verdient. An trüben Tagen, wenn ich mir sicher war, dass der Friedhof spärlich besucht war, nahm ich meine Gitarre mit und spielte an seinem Grab ein Lied, das wir beide aus der Jugend kannten, ein mitreißendes Lied. Ich musste weinen, als die letzten Akkorde verklungen waren, erhob mich mühselig, denn ich hatte im Sitzen gespielt und machte mich auf den Heimweg. Und ich lief an den Gräbern und an den Steinen vorüber, in denen die Geburts- und Todesdaten eingemeißelt waren. Mitunter schien es mir, weil ich sehr langsam ging, als würden aus der Erde kaum hörbare Seufzer kommen, von leidgeprüften Seelen, von vergessenen Seelen. Nein, mein Freund hatte dieses Schicksal wirklich nicht verdient, aus dieser Welt gerissen zu werden.

Zweihundert Meter weiter hinten, unter tief hängenden Kastanienästen, lag mein Großvater mütterlicherseits. Mit meiner Großmutter war ich oft hier. Ich war damals noch ein Kind; Trauer war mir fremd. Im Übrigen starb er bereits, als ich nur zwei Monate alt war. Er war ein harter und strenger Mann; das hatte sie mir später erzählt. Trotz allem versorgte sie jahrelang seine letzte Ruhestätte. Wenn wir an den großen Rhododendronbüschen vorbeigingen, kamen wir an den halbverfallenen Brunnen und entnahmen dem verrosteten Hahn das Wasser für die Blumen. Mir bereitete das Vergnügen; die Kindheit ist eine Zeit voller Unschuld. Ich konnte nicht sagen, was im Kopf meiner Großmutter vorging, als sie die Pflänzchen auf seinem Grab goss. Ja, ich war immer ein wenig ergriffen, aber sonst...

Jetzt gibt es Abmachungen, Verträge; vieles wird geregelt. Man kümmert sich meistens nicht mehr so um die Verblichenen. Der Tod ist wahrhaftig eine Zäsur.

Jahre später dachte ich in meiner Gefängniszelle über diese und andere Dinge nach. Das sogenannte Millennium war schon fünfzehn Jahre her; ich war Mitte Fünfzig. Hier hatte man eine Menge Zeit. Ich kräftigte mich mit sogenannten Leibesübungen und las mich durch die Bibliothek; das wurde einem hier gelassen, ebenso wie das Rauchen in den Zellen.

Ich bin einsachtundsiebzig, habe kurzes Haar, wiege zu wenig, bin sehnig, und ich habe einen stechenden Blick, was viele meiner Zeitgenossen abschreckt, aber die Augen sind graugrün wie die meiner Großmutter. Darauf bin ich stolz. Etwas lebt weiter.

Mein Name ist Adrian Hofler; ich bin beziehungsunfähig. Ich habe mich mehrfach verliebt, aber irgendwie schaffte ich es nie, eine Familie zu gründen. Das ist garantiert ein Fehler, aber geht es nicht vielen so?

Den Mitgefangenen begegnete ich gleichgültig; es war wie überall, wo man in Gruppen existiert. Einige waren großspurig, andere kleinlaut, diese kapselten sich ab, jene suchten Gesellschaft. Das alles ödete mich an. Ich war hier, weil ich Scheiße gebaut hatte, doch davon später.

In diesen eintönigen Tagen kamen die Erinnerungen an alte, vergangene Zeiten und Geschehnisse. Ich legte mich oft auf das Bett und starrte an die Decke. Was konnte man sonst schon tun, außer Bücher zu lesen?

In meiner Kindheit wohnte ich mit meinen Eltern in einer Stadt in Sachsen, in einer malerischen Siedlung, die kleine Straßen durchkreuzten. Fast nie kam ein Wagen vorüber, selbst die Fahrbahn wurde zum Spielplatz.

Im Konsumladen an der Ecke kam mir stets das Pinkeln an. Der granitene Fußboden strahlte Kälte aus. Doch die Regale waren voller Wärme, die Flaschen, Gläser, Büchsen sorgfältig geordnet. Er lag nur hundertfünfzig Meter entfernt. Ich ging diesen Weg mit Frohsinn, sommers wie winters. Ich sah immer dasselbe. Den Ahorn, den Kindergarten mit den lärmenden, wilden, unbeschwerten Kleinen, die wenigen Häuser.

Brannte hinter einem Fenster abends Licht, wurde es interessant. Wer mochte wohl sein Unwesen treiben oder still arbeiten im Schein einer Schreibtischlampe?

Meine Mutter war früher Friseuse, man nannte diesen Beruf damals so; (jetzt heißt das Friseurin; die Umbenennung schien außerordentlich wichtig, sie war längst fällig), Mutter trug selbstverständlich blondes Haar und hatte einen ruhigen besonnenen Blick.

Mein Vater arbeitete in einer Maschinenfabrik, Teil eines Kombinats. Er war Dreher, und als ich ihn einmal an seiner Drehbank aufsuchen durfte, bleibt mir dieses Bild im Gedächtnis, ein großer schwarzhaariger bebrillter Mann, gewissenhaft über eine glänzende Welle gebeugt, die zwischen zwei Spitzen eingespannt war. Begeistert sah ich zu, wie die Späne abrollten.

Wir hatten eine gute Zeit. Ich war ungefähr zwölf, samstags dudelte das im Flur stehende Kofferradio Seemannslieder und ich lag auf der Wiese hinter dem Haus und las *Benno Voelkner Das Tal des zornigen Baches.*

Auf dem Nachbargrundstück, auf dem eine riesige Kastanie wuchs, knüppelten wir als Kinder die braunen rotbraunen Schätze herunter. Mitunter kam der Pächter, ein bejahrter Mann mit schütterem Haar, mit einem Stock und bedrohte uns. Wir flohen nach allen Richtungen.

Ungefähr um diese Zeit, es war Sommer, traf ich auf Ulrike. Meine Eltern konnten sich selten Urlaub leisten, meine Freunde waren mit ihrer Familie verreist oder in ihren gepachteten Gärten, die sich außerhalb der Stadt befanden.

Ulrike erschien, ja, sie erschien, sie kam nicht einfach daher. Sie stand eines Tages, es war ein sonnenheller Nachmittag, auf unserer Straße, die still und friedvoll, fast träge im Halbschatten des Ahorns lag. Ulrike hatte dunkles braunes Haar; sie war eine Schönheit, das konnte ich trotz meiner Jugend schon ermessen. Wir beobachteten uns eine Zeitlang, bevor ich sagte: „Ich bin Adrian."

„Ulrike", entgegnete sie und lächelte, spielte bei diesem Wort mit einer Strähne ihres Haars. Sie wirkte eigentümlich vertraut auf mich, obwohl sie doch eine Fremde in dieser Gegend war. Hier kannte praktisch jeder jeden. Ulrike war schlank, trug eine Kordhose und einen hellbraunen Pullover. Sie war mit ihren Eltern erst vor einer Woche hergezogen, die wahrscheinlich noch mit der Einrichtung beschäftigt waren, während Ulrike hier herumstromerte und die Örtlichkeit sondierte. Wir freundeten uns problemlos und schnell an. Sie war völlig anders als die zickigen intriganten Weiber meiner Nachbarschaft, und wir spielten tatsächlich Verstecken. In meinem Alter war das unter Jungs verpönt, aber mit einem Mädchen, das war schon etwas anderes. Ulrike - ich spürte sie natürlich auf, sie ließ sich auch bereitwillig fangen - war überhaupt nicht sauer. Sie ergab sich und ließ mich gewähren; ich schnappte sie und lächelte auch sie an; mich befiel ein leichtes Zittern. Auch sie lachte und warf ihren Kopf zurück. Ich hatte sie an einem Zaun erwischt; sie lehnte sich dagegen, ich nahm sie bei den Schultern, und erst da bemerkte ich zum ersten Mal, wie zerbrechlich ein weiblicher Körper ist. Ich griff mit meinen Fingern in ihr dunkelbraunes Haar, und es glitt wie Sand durch meine Finger.

Nachts geisterte Ulrike durch meine wirren Träume, und ich konnte den nächsten Tag kaum erwarten, bis sie an der

9

gewohnten Stelle wieder auftauchte. Sie hatte eine freche und irgendwie jungenhafte Art, und ich spürte, dass sie die Zeit gern mit mir zusammen verbrachte. Ich trat damals in ein Zauberland. Das alles währte drei Wochen, die ich nie vergessen werde.

Doch eines Tags, als sie wieder herangeschlendert kam, war sie eigentümlich verschüchtert. Die Abendsonne blinkte durch die Wipfel des Ahorns, der die Straße flankierte.

„Was ist, Ulrike?" fragte ich. Sie schluckte und im Braun ihrer Augen begann es zu glitzern. Weinte Sie?

„Nichts", sagte sie. „Es ist nichts." Ich berührte ihre Wangen und stellte fest, dass nun doch Tränen darüber liefen.

„Aber es muss doch etwas sein", drängte ich.

„Wir ziehen wieder weg", schluchzte Ulrike und umarmte mich. Ihr kleiner Körper wurde von Krämpfen geschüttelt. „Es hat – es hat – irgendwas nicht... Wir nehmen die Wohnung nicht..." Plötzlich riss sie sich los und rannte davon. Ich sah ihr erschüttert noch lange nach.

Anderntags war ich an der Stelle am Zaun, an der wir uns immer getroffen hatten. Warum war ich nicht hinterher gelaufen? Hätte ich an der Sache rütteln können? Die hölzernen Pfähle der Befriedung standen stumm vor mir, die Sonnenstrahlen spielten ungerührt mit den Gräsern der Wiese.

Der Schmerz, den eine Trennung von einem Mädchen, für das man Zuneigung empfindet, in diesem zarten Alter hervorruft, ist mit keinem anderen vergleichbar. Das Glück ist oft nur von kurzer Dauer.

Im darauffolgenden Sommer fuhr ich nun doch einmal mit meinen Eltern nach Mecklenburg an einen See. Wir kampierten dort in Zelten und das Wetter blieb durchgehend sonnig und warm. Fünf weitere Paare mit ihren Kindern waren ebenfalls untergebracht. Die Plätze hatten alle über die Gewerkschaft im Kombinatsteil meines Vaters ergattert, ohne Luxus, aber preiswert.

Meine Mutter, groß, blond und schlank, machte praktisch eine *gute Figur*. Sie hatte Optimismus und Tatkraft. Mein Vater, drahtig, fast ein wenig dünn, war eher introvertiert und nachdenklich. Sie passten womöglich nicht richtig zusammen, sagte ich mir mitunter, doch Gegensätze ziehen sich ja manchmal an. Wenn mich mein Vater durch seine Brille ansah, wirkte er streng und unnachgiebig. Doch ich war immer noch jung, und ich sollte mich in vielem noch irren.

Wir badeten jeden Tag, aßen an frischer Luft, sonnten uns und streunten durch den angrenzenden Kiefernwald. Das Bergfest, wenn der Urlaub zur Hälfte vorbei ist, wurde traditionell an zusammengerückten Tischen in der Mitte des Zeltplatzes zelebriert. Es wurde gut gegessen, Bier und Likör wurde aufgetafelt. Sie saßen enger beieinander als sonst. Wir als Kinder durften länger aufbleiben; es herrschte Aufregung und hervorragende Laune. Als die Dunkelheit hereinbrach, leuchteten Lampions auf, welche die Erwachsenen zwischen den Zeltstangen befestigt hatten. Sie rissen Witze, und das laute Lachen schaffte eine Atmosphäre von Eintracht. Man feierte wilde Verbrüderung, stieß miteinander an, und zwischen den

Zelten geisterte fahles Licht. Falter umschwirrten die Lampions. Das Bergfest, das Zählen von Tagen, bedeutet auch eine Beschneidung der Zeit.

Wie auch immer, es wurde manch alter Hader begraben, den man in der Vergangenheit angezettelt hatte. Dass nach dem Urlaub der Alltag wieder seine Zähne blecken würde, daran dachte in dieser Nacht niemand. Ich wusste nicht, dass es die letzten gemeinsamen Ferien mit meinen Eltern sein sollten.

Meine Mutter hatte in ihrem Frisiersalon einen Mann kennengelernt, dem sie die *Haare machte.* Dort herrschte Hochbetrieb, denn man bediente mindestens dreißig Kunden und es gab ein ausgeklügeltes Wartesystem.

Dem Friseur erzählt man alles, so war das üblich. Das sanfte Schneiden und Streichen, das eröffnet offenbar Horizonte. Die Sorgen und Nöte sowie auch Hoffnungen und Sehnsüchte kommen zur Sprache.

Der Mann hieß Alfred Gregorek, wie ich später erfahren sollte. Er war Leiter eines Reisebüros und erwähnte die Sonnenstrände der bulgarischen Schwarzmeerküste und andere Ziele. Auch besaß er ein Haus am Rande des Erzgebirges. Er sei nur zufällig hier in der Stadt gewesen. Die lange Wartezeit hier im Salon hätte ihn nicht gestört, und meine Mutter sei ihm sofort aufgefallen. Nun, er hätte darauf beharrt, von ihr bedient zu werden, obwohl er schon eher an der Reihe gewesen wäre. Man machte eine Ausnahme. Ihre zwanglose Unterhaltung endete damit, dass sie sich vielleicht einmal in einem Cafe nach ihrer

Schicht treffen könnten. Gregorek gab ihr seine Visitenkarte. Meine Mutter war offensichtlich begeistert von der Küste Bulgariens, denn sie rief ihn eine Woche später aus einer Telefonzelle unweit unseres Mietshauses an. Überdies hatte ich selbst schon damals bemerkt, dass irgendetwas zwischen meinen Eltern nicht mehr funktionierte. Abends schwiegen sie sich lange an, auch während des Essens fiel kaum ein Wort. Ich hörte nurmehr das quälende Ticken unserer Wohnzimmeruhr. Manchmal, wenn ich schon im Bett lag, stritten sie sich, und ich hörte oft die Worte „Arbeit" und „Lohn".

Eines Abends, Monate später, wandte sich mein Vater direkt an mich: „Adrian, Elisabeth kommt heute nicht nach Hause."

„Warum sagst du plötzlich Elisabeth?" fragte ich.

„Sie hat – Adrian – deine Mutter hat einen anderen Mann."

„Und warum?" fragte ich erneut. Mein Vater schüttelte entnervt den Kopf. „Ich weiß es nicht. Vielleicht kann ich ihr nicht das bieten, was sie möchte. Im Moment geht es um das Sorgerecht", sprach er sehr schnell weiter.

„Sorgerecht?"

„Ja", sagte er etwas ungehalten. „Ich möchte, dass du bei mir bleibst. Und deine Mutter bemüht sich natürlich darum, dass sie dich behält."

Ich konnte es nicht fassen, dass es jetzt um meine Person Gerangel gab. „Bei wem möchtest du denn bleiben? Ich hoffe, bei mir. Deine Mutter hat – gewissermaßen – das Wohl der Familie aufs Spiel gesetzt." Er entnahm einem Fach der

Schrankwand eine Flasche Weinbrand, griff nach einem Glas und goss sich ein. Dann drehte er sich brüsk um. „Wir werden zusammenhalten", stellte er fest. Ich bemerkte, dass er sich seit Tagen nicht rasiert hatte.

Mutter sah ich zum letzten Mal, als sie ihre restlichen Sachen packte. Vater saß wütend im Wohnzimmer. Er wollte sie mit Vorwürfen überschütten, doch meine Anwesenheit hielt ihn davon ab. Als sie ging, kam sie noch kurz zu mir, strich mir über die Wange und sagte: „Wie sehn uns. Bis bald." Ich sah sie verständnislos an und schüttelte den Kopf. „Warum gehst du denn?"

„Das verstehst du noch nicht. Ich erklär dir's später."

„Das glaub ich kaum", war im Moment die einzige Gegenwehr meines Vaters. Mit hocherhobenem Haupt zog sie die Tür hinter sich zu,

In der Folgezeit entwickelte sich ein nervenaufreibendes Kräftemessen um das Sorgerecht, bei dem schließlich mein Vater den Sieg davontrug. Sie hatte ihn schließlich verlassen. Ich reifte unter diesen Umständen etwas früh heran und konnte meine Mutter einfach nicht begreifen. Mein Vater war im Begriff, in diesem Zeitraum ein wenig *abzurutschen,* er begann zu trinken, und ich konnte ihn nur sehr schwer davon abhalten.

Er wollte mich natürlich auf seine besondere Art erziehen. Als sich das Weihnachtsfest näherte hörte man im Treppenhaus Getuschel, und in den Kellern hörte man das Geknister von Verpackungen. In unserem Haus wohnten noch mehrere

Familien mit ihren Sprösslingen. Doch ich war jetzt nur in einer halben Familie.

Am ersten Adventswochenende saßen wir im Wohnzimmer; es war anheimelnd warm. Im Raum hatte Vater nur einige Nussknacker aufgestellt. Denn seitdem Mutter weggezogen war, maß er den Weihnachtsritualen keine größere Bedeutung mehr bei. „Was wünschst du dir?" fragte er. „Ich sehe, dass du viel liest."

„Ein Buch."

„Dachte ich doch." Er lehnte sich zurück und schaltete den Fernseher ein. Ein Knabenchor war zu sehen.

„Es schneit", sagte ich mit einem Blick aus dem Fenster.

„Ja, es wird Winter", sagte Vater und nickte bedeutsam.

„Ich möchte ein bestimmtes Buch", sagte ich.

„Was denn für eins?"

„Eins über die Eroberung des Südpols. Über Scott und Amundsen."

„Ach", sagte Vater. „Das interessiert dich. Forscher und Entdecker."

„Ja."

Vater drehte sich auf seinem Sessel herum. „Die Story kenn ich. Hab schon davon gelesen. Du willst wissen, wie Amundsen den Wettlauf gewann."

„Nein", sagte ich. „Ich will wissen, wie und warum Scott scheiterte." Mein Vater wich etwas zurück. Er überlegte lange. Dann sah er mich an. „Warum gilt dein Interesse nicht dem Gewinner?"

15

„Weil auch Scott gekämpft hat", sagte ich. „Amundsen gebührt natürlich die Ehre, den Pol als Erster erreicht zu haben, aber…" Ich suchte nach Worten.

„Was aber?" fragte Vater.

„Aber auch Scott hat Achtung verdient."

„Aber er hat verloren. An solchen Menschen orientiert man sich nicht."

„Was heißt, man orientiert sich nicht? Er hat verloren, na gut. Aber er hat gekämpft. Auch er gilt als Held. Und er hat es mit dem Leben bezahlt."

„Aber er hat, wie ich mich entsinne, einen Haufen Fehler gemacht." Vater machte eine unbestimmte Geste.

„Man kann auch Fehler machen. Aus Fehlern lernt man."

„Man sollte aber keine Fehler machen, schon gar nicht, wenn man sein Leben dabei aufs Spiel setzt. Wer Fehler macht, muss scheitern."

„Du willst doch nicht behaupten", sagte ich, „dass Scott so an diese Aufgabe heranging?"

„Fakt ist", meinte Vater, „dass Scott mit Motorschlitten aufbrach. Und Technik in winterlicher Umgebung ist unzuverlässig. Amundsen ließ alles mit Hundeschlitten ziehen."

„Aber Scott hat es gewagt", wandte ich ein.

„Und dann hat er noch einen Mann hinzugenommen", erwiderte Vater, „obwohl nicht genügend Proviant da war. Und mit dem Brennstoff… Der ging aus. Das war alles nicht ausreichend gesichert."

„Gut, vielleicht verlor er deshalb. Aber auf dem Rückweg

kam ein Kälteeinbruch. Der hat sie überrascht. Sie sind gestorben", sagte ich verzweifelt. „Im Übrigen kennst du die Geschichte erstaunlich gut."

„Du aber auch", sagte Vater. „Wozu brauchst du dann noch das Buch?"

„Vielleicht brauch ich es ja gar nicht mehr."

Mein Vater lehnte sich zurück. Mit einer raschen Handbewegung zum Fernsehknopf ließ er den Knabenchor verstummen. „Was willst du eigentlich?" fragte er. „Ich glaube, deine Mutter fehlt dir."

„Das hat damit nichts zu tun", begehrte ich auf.

„Sie hat dir Karten geschrieben", sagte er übergangslos.

„Ja. Aus Bulgarien."

„Sie möchte dich sehen. Willst du dich mit ihr treffen?"

„Ich weiß nicht. Ich bin ratlos."

„Das musst du selbst wissen. Aber jetzt kommt erst mal Weihnachten", sagte er.

Ich traf mich nicht mit Mutter. Mittlerweile war sie mir merkwürdig entfremdet.

Als *Waldemar Cierpinski* den Olympiasieg in Montreal holte, begann auch ich zu laufen. Ich hatte das alles mit Mutter nicht verstanden und begann wohl vor mir selbst zu flüchten. Die außerordentliche Athletik der Teilnehmer begeisterte mich derart, dass ich zusätzlich Liegestütze und noch Klimmzüge an den Wäschestangen betrieb.

Täglich siebzehn Uhr startete ich vor dem Haus und umrundete das gesamte Karree; die Strecke belief sich auf ungefähr einen

Kilometer; ich hatte es mit meinem Zähler am Fahrrad gemessen. Nach einer Woche erhöhte ich die Distanz auf zwei Runden, und so ging es weiter, bis ich auf zehn Runden kam und Vater sich aufregte, dass ich völlig verschwitzt, demnach zu spät zum Abendessen erschien und überdies keinen Hunger verspürte. Ich magerte ab. Dann verlegte ich das Laufen auf fünfzehn Uhr. Das passte besser; ich war kein Kaffeetrinker, und Vater aß nun allein seinen Kuchen.

Als ich sechzehn wurde, stahl ich einmal Zigaretten in unserem Laden. Er existierte trotzdem weiter. Nur die Verkäuferinnen waren ein bisschen älter geworden.

Unterdessen hatte ich auf Betreiben meines Vaters einen Lehrvertrag als Dreher unterschrieben. Natürlich wollte er, dass ich *in seine Fußstapfen trete.* Mein Leben änderte sich schlagartig. Ich lernte neue Mitmenschen kennen. Doch die praktische Ausbildung, die mit der schulischen einherging, war eintönig. Mir schwante nichts Gutes. Doch in dieser Zeit erwarb ich den Motorradführerschein.

Letztlich war es so, dass ich nach doch erfolgreichem Abschluss der Lehre mit einem Facharbeiterbrief belohnt wurde, und da ich mich im Schleifprozess besser bewährt hatte, wurde ich im Stammbetrieb an einen Automaten gestellt, an dem ich in zwei Schichten Abertausende von Waschmaschinenwellen bearbeiten musste, die für die Herstellung der legendären *WM 66* vonnöten waren.

In meiner Schulzeit waren mir die ersten Vorboten von Hierarchien aufgezeigt worden, die mich von nun an nie mehr loslassen sollten. Das wahre Leben hatte begonnen.

„Adrian", sagte Vater eines Abends, „Elisabeth ist gegangen, weil ich zu wenig Geld verdiene. Und da hat sie so einen Lackmeier gefunden, der ihr mehr bietet." - „Aber du verdienst doch 'ne Menge."

„Nun, es geht schon. Na eben zwei Schichten... Da fehlt mir der Nachtzuschlag. Da kann man nichts tun. Und Elisabeth war Friseuse. Da kommt auch nicht viel rum."

„Und wieso hat sie dir dann Vorwürfe gemacht?"

„Ich hätte vielleicht den Meisterlehrgang... Oder nebenbei pfuschen. Das erst noch in meinem Alter." Er fuchtelte mit der Hand.

„Und der andere?" fragte ich.

„Ich weiß nicht, woher der das Moos hat, und sein Anwesen. Dukatenscheißer gibt's eben auch. Ehrliche Arbeit lohnt sich wahrscheinlich nicht."

„Jetzt bin ich auch in deinem Betrieb", warf ich ein.

„Fang du auch noch an. Ihr habt sie doch nicht alle." Vater langte nach seiner Flasche.

„Ist schon gut. So war es nicht gemeint. Wir werden zusammenhalten", stellte ich diesmal fest. Vater war versöhnt und nickte.

Die Laterne an der Regimentsstraße warf mattes Licht ins Zimmer auf den Tisch. Es war elf Uhr nachts. Im Radio dudelte noch Musik. Der *EK,* der Stubenälteste, hatte es angelassen. Er konnte ohne diese Klänge nicht einschlafen. Ich war Soldat und Richtschütze eines Panzers der *NVA*, und ich hatte das seltene Glück, mit zwanzig Jahren an die Friedensfront abkommandiert worden zu sein, um den hinterhältigen Klassenfeind im Falle eines Falles zu bekämpfen.

Im zweiten Diensthalbjahr hatte ich nun die Demütigungen überstanden, jetzt waren die Neuen dran und wurden Ladeschützen.

Heute, zum Sonntag, hatte es ein Stück Kuchen gegeben. Nachmittags dachte ich darüber nach, wie es zu Hause wohl aussehen würde, auf den Balkonen, wenn *die anderen* dort in der friedlichen Stille ihren Kaffee trinken würden, fern jeder Qual, und hier machte man sich fertig.

Ich lag lange wach. Der Spind knackte, Holz arbeitete. Sie brachten die *Münchner Freiheit, Bayern 3* lief wie üblich noch. Ich hatte heute einen Brief geschrieben, in der tödlichen Langeweile des Sonntags und die Tage gezählt, die ich hier noch verbringen würde. Wieder beschnitt ich mein Leben.

Mein Arbeitsplatz war freigehalten worden. Ich bearbeitete wieder Waschmaschinenwellen, eine endlose Abfolge des sich wiederholenden Fertigungsprozesses.

Nicht weit entfernt von meinem Elternhaus mietete ich eine Mansardenwohnung an. Es war ein alter Bau, ich musste einiges tun, aber das machte mir nichts aus. Vater half mir beim Umzug. Dort lernte ich neue Freunde kennen.

Samstags sechzehn Uhr stieg ich an der Bushaltestelle zu. An jeder Station wurden es mehr, bis wir uns an der Klubhaustür schließlich vereinigten, die Veranstalter eines *Discoabends.*

In der Kantine eines Baumaschinenkombinats, dort, wo in der Woche die Arbeiter ihre Eintöpfe löffelten, gruppierten wir die Einrichtung für das Tanzen um. Eine Bar wurde eröffnet; auf der Bühne, die zu jedem großen Speisesaal gehört, stöpselten unsere DJ's ihre Anlage. Abends bildeten sich Menschentrauben vor dem Tor und drängten auf Einlass. Hier wartete das Glück, das Leben, die Hektik. Der Gedanke, der hoffende Glaube, dass gerade heute eine Sehnsucht sich erfüllen oder ein Flirt erfolgreich sein könnte. Jetzt würde keine Arbeit mehr da sein, keine Pflicht

Dann wurde das Tor aufgesperrt, und sie strömten herein, die Cliquen und Bünde, eitel, geschminkt, voller Chancen, okkupierten im Saal die Tische. Und die Maschine lief an, der Motor rotierte, und das Schmiermittel der Gesellschaft floss, der Alkohol. Die Gemüter erhitzten sich, *Forever young* donnerte aus den Boxen von der Bühne. Die Zungen lösten sich vom Gaumen des Alltags. Es war wie eine Droge, ein tosender Traum im Gewimmel der Tanzenden. Wir hatten doch keine Ahnung.

In der Nacht mussten wir alles in den ursprünglichen Zustand versetzen, die Lichter löschen, die Tür verschließen, als wäre nie etwas gewesen. Wir waren abgekämpft und fuhren mit dem Bus nach Hause.

21

In dieser Zeit hatte ich zwei Affären; die Verbindungen hielten nicht lange; ich konnte mich einfach nicht binden.

Als Frieder, ein Kumpel, ein halbes Jahr später ankündigte, in Bälde zu heiraten und ein anderer andeutete, sich nicht mehr lange die Nächte um die Ohren zu schlagen, klafften erste Risse in unserer Gemeinschaft. Die Bande, die uns einst verknüpften, zerrissen. Doch ein Unglück kommt selten allein.

Im Sommer '89 besaß ich eine *TS 250* und erlitt einen Unfall. Im Stadtzentrum scherte plötzlich ein Wagen aus einer Parklücke aus, ohne mich zu sehen. Ich stürzte und krachte mit dem Fuß gegen den Wagen. Zehenbruch. Nach der Operation lag ich zu Hause auf der Couch und erlebte im Fernsehen die *Wende*. Tausende gingen auf die Straße, und dann fiel die Mauer. Gleichmütig, fast gelangweilt, sah ich dem Treiben zu.

Vater ging in den Vorruhestand. Als ich längst wieder gehen konnte, wurde die *Wiedervereinigung* vollzogen. Ganz Deutschland jubelte.

Es gab in den Kaufhallen, die jetzt *Supermärkte* hießen, hundert Joghurtsorten. Das ganze bunte Gewimmel von Angeboten bedeutete nur Konkurrenz unter Firmen. Niemand stellte etwas her, um es gut mit uns zu meinen.

Kurz darauf wurde mein Betrieb *abgewickelt*. Mein Motorrad, das sehr in Mitleidenschaft gezogen wurde, zersägten Mitarbeiter meines Betriebes mit dem Trennschleifer in kleine Teile, und ich war zum ersten Mal arbeitslos. Wer brauchte schon eine *WM* 66? Es wurden jetzt Waschvollautomaten aller Couleur verkauft.

Ich besuchte meinen Vater. Er hatte jetzt viel Zeit und war nachdenklicher geworden. Für ihn war der Mauerfall ein harter Einschnitt in sein Leben gewesen. Auch er verstand wie ich die fast hysterische Euphorie der Leute nicht.

„Adrian, schön, dass du kommst", sagte er, als er mich einließ. Wir setzten uns, und er bereitete Kaffee. „Sie sanieren das Haus", bemerkte er. „Nächste Woche geht es los. Danach erhöhen sie die Miete. Nun, nötig war das schon, ich meine, die Sanierung."

„Du bist jetzt im Ruhestand", sagte ich. „Du hast Glück gehabt, aber ich gönne dir das natürlich." „Ja", sagte er, „ich hatte die Gnade der frühen Geburt."

„Ich eher nicht."

Vater nickte versonnen. „Was wird jetzt aus dir?"

„Ich finde was. Ich geh aufs Arbeitsamt." - „Alle Betriebe schließen. Zigtausende sitzen auf der Straße. Ich versteh diesen Taumel der Begeisterung nicht", ereiferte er sich mit einem Mal.

„Das wird sich noch ändern."

Auf dem Nachhauseweg blickte ich noch einmal an der Hauswand empor. In diesem Zustand würde ich sie nicht mehr wiedersehen.

Wie unter innerem Zwang suchte ich unseren Laden noch einmal auf. Mir kam das Pinkeln nicht an, aber die Verkäuferinnen waren ausgewechselt worden, und über der Tür stand nicht *Konsum,* sondern *Market.* Alles wirkte befremdlich und unordentlich. Ich sah halbgeöffnete Pappkartons und hörte hektisches Gerede.

Auf dem Rückweg bemerkte ich, dass man den Lattenzaun des Kindergartens durch eine Eisenbefriedung ersetzt hatte.

Ich begann eine Umschulung in der Branche Umweltschutz. Gleichzeitig erwarb ich den PKW-Führerschein. Als ich einmal von Neugier getrieben am Haus meines Vaters vorbeiging, war die Sanierung in vollem Gange. Die Luft war erfüllt vom Hacken, Bohren und Spitzen und den heiseren Schreien der Handwerker. Dutzende von Transportern parkten längs der Straße. Schmutziger Lehm bedeckte die Wege.

Zwei Wochen später war alles vorbei. Die Hauswand, an der zwanzig Jahre gestanden hatte „Mario ist doof", war übertüncht. Noch war die Wiese schwer vernarbt. Neues Gras würde wachsen, anderes Gras. Am Weg lagerte ein vergessenes Gitterrost. Ich hörte keinen Vogel singen.

Dann kam der nächste Herbst. Bäume entließen ihr Laub, der Schnee bedeckte die Straßen, die Passanten vermummten sich, und die Gedanken kehrten sich nach innen. Wenig später wurde auch der Kindergarten seines Daseins beraubt. Ich vermisste die wilden unbeschwerten Kleinen. Die Straße meiner Jugend lag tatsächlich im Sterben.

In meiner Umschulungsklasse unterrichtete man uns in allen möglichen schulischen Fächern. Wir nahmen Wasserproben, arbeiteten in Laboren und besuchten Klärwerke.

Doch zu Hause in meiner Mansarde machte ich mir dennoch Gedanken um die Zukunft. Würde das jetzt etwas bringen? Oft beobachtete ich die Menschen auf der Straße von meinem Balkon aus. Die Rentner transportierten fuhrenweise Bretter und Werkzeug aus den Baumärkten heim, mit ihren neuen Wagen aus dem *NSW*. Der Rest saß auf der Straße oder wechselte die Gelegenheitsjobs wie das Unterhemd.

Die Haustüren waren heuer mit Sprechanlagen ausgerüstet, und zu Fastnacht kam kein Kind mehr herein. Meine Nachbarin, eine ältliche ängstliche Frau, stellte ihre Klingel ab.

Fern gegenüber hatte ein Hotel eröffnet, und allabendlich leuchtete die Reklame in greller gelber Farbe. Vor dem Haupteingang parkten BMW und Audi. Wollten hier etwa potentielle *Investoren* dieser kleinen Kreisstadt ein neues Gepräge geben? Die verkleideten Kinder fanden keinen Weg mehr zum Sammeln und Streunen. Irritiert und zögernd machten sie sich auf den Heimweg. Es war wirklich fast – Nacht.

Die Apriltage waren diesig und nebelverhangen. Ein drückend dunkler Himmel wölbte sich. Manchmal zählte ich die erleuchteten Fenster.

Im Hinterhof konnte ich die Reste eines Sandkastens erkennen, der mit seinem großen Auge die Umgebung erforschte. Niemand hatte eine Burg gebaut.

Als ich meine Umschulung erfolgreich abschloss, starb mein Vater. Ich war geschockt. Beim Anlegen eines kleinen Beetes im Hof erlitt er einen Herzinfarkt. Herbeigeeilte Nachbarn riefen einen Krankenwagen. Doch es war zu spät. Ich wusste nicht, dass es der zweite Infarkt war. Er hatte mir den ersten verschwiegen, der noch glimpflich ablief. Die Gnade der frühen Geburt war ihm nun doch nicht beschieden. Er hätte sein restliches Dasein friedlich und glücklich auskosten können.

Vater hinterließ mir einen vierstelligen Geldbetrag, den ich sofort in den Erwerb eines ordentlichen Einzelgrabs investierte. Ab sofort würde ich allein sein. Ich schrieb Mutter nicht. Ich wollte meine Trauer für mich behalten.

Ehemalige Betriebskollegen Vaters gaben ebenfalls das letzte Geleit. Beim anschließenden Beisammensein kondolierten sie und versicherten mir, dass er im Betrieb sehr beliebt gewesen sei. Mich hätten sie bei der Wellenfertigung gar nicht so bemerkt. Da arbeiteten so viele und jetzt niemand mehr.

Zu Hause setzte ich mich auf die Couch und starrte gedankenverloren auf meine Schuhe. An den Spitzen klebte gelber Pollen von den Blumen, die wir an das Grab gelegt hatten. Ich hängte meinen einzigen Anzug für feierliche Anlässe ganz hinten in den Schrank. Würde ich ihn noch einmal benötigen? Was gab es schon zu feiern? - Ich beräumte die Wohnung, in der mein Vater die letzten Jahre einsam verbracht hatte. Ich musste es tun; das Leben ging für alle weiter. Es war eine Aufgabe, die mich förmlich zerriss. Jeder Gegenstand hatte eine Bedeutung. Es war furchtbar. Jetzt spürte ich Vater deutlich. Wieviel hatte ich ihm abgetrotzt? Wieviel hatte er mir gegeben? Wie oft hatte ich ihn nicht bemerkt? Er war einfach dagewesen.

Die Jacken, die ich aus dem Haus schaffte, trugen noch seinen Geruch, den Geruch nach Vater eben. Ich hätte ihm noch so viel sagen können, doch nun war nichts mehr geradezubiegen. Im

Prinzip waren die Stunden des Schweigens die schönsten, wenn wir auf dem Balkon saßen und jeder für sich Bücher las oder Kreuzworträtseln löste.

Die Einöde im Sessel, in dem er immer saß, machte mich fertig. Jetzt nahm ich alles wie unter einer Lupe wahr. Er hatte Ordnung gehalten; seine Hemden, Anzüge, alles war sauber gestapelt und aufgehängt. Nun würde Sämtliches schlicht und einfach entsorgt. Was hätte ich sonst tun sollen? Ich war viel größer als er.

Mir kamen die Tränen, als ich sah, dass er nur zwei Teller und zwei Tassen besaß. Mutter hatte zwar nur ihre Kleider mitgenommen, ihre Kosmetik und Gardinenstoffe. Aber mehr hatte er an Geschirr nicht benötigt und offenbar schon selbst einiges ausrangiert. Im Übrigen hatte er oft bei einem Gastroservice bestellt.

Auch die Möbel mussten raus. Ich benötigte keine. Ich hatte eine spärliche Einrichtung und mir reichte das. Wie ähnlich wir uns doch waren.

Ich fand im Kühlschrank eine angerissene Flasche Weinbrand. Er war nicht mal mehr dazu gekommen, sie zu leeren. Natürlich nicht, er hatte das Ende wohl kaum geahnt. Im Keller lagerte sein Werkzeug, säuberlich geordnet. Ich eignete mir einiges davon an, desgleichen aus der Wohnung die Fotos, seine Bücher und seinen Atlas, in dem er nach den Städten und Flüssen gesucht hatte.

Ich sah durchs Fenster auf die Wiese vorm Haus. Es war bestimmt das letzte Mal, dass ich sie so erblicken würde. Mit seinen Schuhen kam ich nicht zurecht. Sie hatten eine andere

Größe als meine. Und mir schien, als hätte man ihn aus diesen Schuhen herausgerissen und verschleppt.

Vaters Wagen, einen Opel, den er nach zähem Ringen mit sich selbst dann doch vor einem Jahr erstanden hatte, würde ich losschlagen müssen. Die Wohnzimmeruhr, die zum Schluss noch auf dem Fußboden gestanden hatte, nahm ich mit. Die Zeit würde für alle weitergehen.

Seit meiner Jugend hatte ich die Songs des *Electric Light Orchestra* gesammelt, damals noch auf einem alten Kassettenrecorder. Jetzt gab es den *Walkman.* Wie schon der Name besagte, passte das zum Laufen.

Es war nicht alles schlecht, was uns die Einheit brachte und wiederum nicht zu verachten, was wir verloren. Trotzdem konnte man nun das erfahren, was sich hinter den Kulissen ereignet hatte. Der Filz, die Machenschaften, die Bespitzelung. Und doch war ein Zeitalter angebrochen, in dem ebenfalls niemand mehr Herr über sein Leben war.

Das Ausdauertraining hatte ich die ganze Zeit über beibehalten, auch die sogenannte Körperertüchtigung. Ich bemerkte, dass ich bei persönlichen Verlusten das Ganze noch forcierte. Ich fuhr im darauffolgenden Monat nach Berlin, um an einem Halbmarathon teilzunehmen, denn ich traute mir das allmählich zu. Natürlich überwog der olympische Gedanke, die Teilnahme. Es waren ungefähr zweihundert Läufer; ich kam als einundneunzigster durchs Ziel und fand das Abschneiden am Ende nicht so übel.

Auf dem Arbeitsamt bekam ich überraschend ein Formular ausgehändigt, das Jobangebot eines Sonderabfallentsorgers. Das hatte im Prinzip mit Umweltschutz auch etwas zu tun. Nun gut. Aber da mein Vorstellungsgespräch erst in zehn Tagen erfolgen sollte, fuhr ich mit meinem Wagen, den ich mir zugelegt hatte, einem alten VW Jetta, an die Ostsee, um abzuschalten. Ich brauchte Ruhe und eine andere Art von Zerstreuung, weg von der Hektik des Alltags.

Mein Ziel war Altenkirchen auf Rügen. Auf dieser Insel war ich einmal als Kind mit meinen Eltern gewesen. Eine Pension bot mir Unterkunft und Frühstück.

Endlich badete ich wieder im Meer und las am Abend auf der Terrasse ein Buch. Die Einsamkeit half mir sogar, mich richtig zu entspannen. Fünfzig Meter hinter dem Grundstück befand sich ein altes Kloster mit einem darin befindlichen Friedhof, in dem in längst verschollenen Zeiten Mönche ihr Dasein gefristet hatten. Von der Terrasse aus konnte ich das ganze Areal sehen, und ich besaß das beste Fluidum, um mich in meine Literatur zu vertiefen. Ich besuchte die altertümlich anmutende Kapelle, und das alles machte mich merkwürdig beklommen.

Doch schon der dritte Tag riss mich aus meiner beschaulichen Lethargie. Im Wasser stießen wir mit den Köpfen zusammen. Ich hatte eine Badende nicht bemerkt, Als sie neben mir auftauchte, lief etwas Blut über ihre Stirn. Sie war eine junge blonde Frau mit spitzbübischem Aussehen. „Um Gottes Willen, das tut mir leid, ich habe Sie nicht gesehen, ich bin getaucht..."

„So ein Rammbock", entfuhr es ihr, „na, ick habs auch nich

jesehn." Dabei lächelte sie. - „Ich werde Ihre Wunde versorgen. Schwimmen wir erst zurück."

Am Strand ging sie zielstrebig zu ihrem Badetuch und setzte sich hin. „Das Haar nicht abtrocknen", belehrte ich sie. „Ich hol ein Pflaster. Ist es schlimm?" Ich sondierte die Wunde.

„Ach wat, ick spür jar nichts."

Ich eilte zum angrenzenden Parkplatz und kramte aus dem Sanikasten das Erforderliche. Als ich zurückkam, lag sie auf dem Rücken und sonnte sich. „Moment", sagte ich, „jetzt kurz stillhalten." Ich tupfte die Stelle ab und klebte vorsichtig das Pflaster auf die Wunde. Es war zum Glück nur eine kleine Blessur.

Sie sah den Zwischenfall locker. Wir unterhielten uns lange über unsere Herkunft. Sie stammte aus Berlin. Ich wollte das Debakel wieder gut machen und lud sie am Abend zu einem Essen in einer örtlichen Gaststätte ein, worauf sie prompt zusagte.

Sie hieß Katja und war ebenfalls allein hierher gefahren. Mein Schuldbewusstsein schwand zusehends, als ich sah, dass sie keinerlei Vorwürfe erhob, sondern ständig lachte über meine sächsische Aussprache und von der Hauptstadt erzählte. Immer lächelte sie mich an, doch später wurde sie nachdenklicher. Katja arbeitete bei einer Zeitung und hatte eine herbe Enttäuschung hinter sich. Ihr Macker, berichtete sie, sei mit einer Kollegin in die Kiste gestiegen. Das habe sie nicht verkraftet.

Ich konnte das nicht begreifen, als ich diese Katja so vor mir sah. Wer würde bei dieser Frau dergleichen tun? Sie fragte mich nach meinem Beziehungsstatus, und ich schüttelte nur den Kopf.

Dann trennten wir uns und verabredeten für den nächsten Tag ein Wiedersehen am Strand.

Katja war schon ziemlich gebräunt. Sie riss ihr Pflaster ab und genoss das Leben. Wir redeten, bis die Dämmerung hereinbrach. Alle halben Stunden stürzten wir in die See.

Plötzlich, als die Zeit zum Aufbruch nahte, nahm sie mich bei der Hand und sagte: „Komm, wir jehn 'n Stück." Es ging hoch in die Dünen. Kein Badelustiger war mehr zu sehen. Oben blieben wir stehen und sie sagte: „Mann, du bist einfach 'n Typ. Jefällt mir."

Ich wurde nervös. Doch dann zog mich Katja nieder in den mit Grasbüscheln durchsetzten Sand und entledigte sich ihres Bikinis.

Am nächsten Tag befand sich unter dem Scheibenwischer meines Jetta ein Zettel. Sie wusste, wo sich mein Quartier befand. „Lieber Adrian! Leider muss ich heute abreisen. Meine Tage hier sind vorbei. Ich habe Dir nichts gesagt, weil Abschiede immer traurig sind. Die Zeit mit Dir war schön. Du hast mich, und ich habe Dich glücklich gemacht. Glück zerfließt unter den Händen. Es ist rar. Vergiss mich nicht so ganz, aber denk an morgen. Deine Katja."

Mir wurde wieder bewusst, dass das Leben eine Abfolge von Enttäuschungen war. Ausgenutzt hatte Katja mich nicht, keinesfalls. Sie war jung und hatte sich genommen, wonach ihr der Sinn stand. Das verstand ich. - Ich beschloss, am nächsten Tag ebenfalls abzureisen. Abends starrte ich gedankenverloren auf das Kloster. Könnte man wie ein Mönch leben? Mit einem Mal kam mir der Gedanke, ein Gedicht zu schreiben.

31

Zum Abschied ließ ich es in der Kapelle zurück:

Altenkirchen

die Kirche ruht im Schatten alter Weiden jahrhundertalt
sie hat das Glück gesehn das Beten und das Leiden
den Gräberwald
er wuchs um sie herum mit den Gebeinen still und tief
die Erde hier ist tränenvoll vom Weinen archaisch schief
sinken Kreuze mit den Jahren in den Boden die Inschrift bleicht
und Abendsonne scheint auf diese Toten und stumm verstreicht
die Zeit und der Verstorbenen Gemahn die Glocke schallt
und zieht die Gläubigen in ihren Bann der Herbst bemalt
durch hohe Zweige Bleiglasfenster und schattengleich
taumelt Laub wie die Gespenster am fernen Deich
rollt die Brandung gegen das Gestade grimmt das Meer
schließt der Wohner die umwehte Kate die Dün' ist leer
die Kapelle atmet dunkel in der Nacht den Mönchgeruch
die Steine sind noch warm und sacht senkt sich der Fluch

Feindberührung

Percy und Oliver luden die Vorschlaghämmer, die Schubkarre und den restlichen Kram vom Transporter. Richard, um einiges bejahrter als die beiden, stiernackig und fast schon mit Glatze, besah sich das alte Waschhaus. Es war marode und musste abgerissen werden. Sie hörten ihn drin an Gegenstände wuchten. „Scheißkram hier. Das kommt zuerst raus. Percy, fahr mal mit der Möhre rückwärts ran."

Oliver machte sich eine Zigarette an. Er war ein Hüne von Mitte Zwanzig mit annähernd zwei Meter Körpergröße und langem wallenden Haar. „Richie, wie ist das mit dem Neuen? Macht der heute schon mit?"

„Ja, der Alte bringt ihn nachher vorbei." Richard hielt inne und setzte sich auf den Rand der Schubkarre. „Wenn sie die Formalitäten erörtert haben."

„Wir müssen dem doch hoffentlich nicht jeden Handgriff erklären?" Percy, ein ebenfalls kräftiger junger Mann, aber von gedrungener Statur und kurzrasiertem Haar, schloss die Fahrertür. Die Blicke der drei glitten über das bröcklige Bauwerk.

Ein Wagen bremste. Der Chef stieg mit mir aus. Er ließ mich zunächst stehen und betrat das Innere des abzureißenden Gebäudes. Dann kam er zurück. „Jungs: Das ist unser neuer Mitarbeiter." Er klopfte mir auf die Schulter. „Adrian. Ab heute steht uns seine Arbeitskraft zur Verfügung. Weist ihn ein, damit das hier was wird. Ich bin froh, diesen Auftrag bekommen zu haben... Wie gesagt", der Chef fasste mich ins Auge, „wir sind ein kleines Unternehmen. Jede Hand wird gebraucht, und wir müssen zusehen, uns über Wasser zu halten."

Ich lächelte verhalten und nickte. „In dem Sinne, Männer." Der Unternehmer wandte sich zum Gehen. „Ich werde mich um den Papierkram kümmern. In einer halben Stunde schlägt der Container auf." Er fuhr davon.

Nach kurzer Begrüßung stand ich unschlüssig herum: „Was ist zu tun?"

„Nun mal langsam, Kumpel!" Richard wehrte ab. „Setz dich. Lage peilen. Bekannt machen."

„Was hast'n vorher gemacht?" fragte Percy.

„Umschulung Umweltschutz."

„Na, passt", stellte Oliver fest.

Ich sah die anderen an. „So gesehen ja eher nicht. Abriss, das wusste ich nicht, dass auch das zu den Aufgaben gehört."

Richard zog die Augenbrauen hoch. „Das ist kein Problem. Das Motto auf unseren Fahnen heißt: Wir machen alles. Hat das der Alte noch nicht erwähnt?"

Doch, so ähnlich hatte er sich ausgedrückt. Theodor Bracke, den Chef dieser kleinen Firma, hatte ich am Vortag beim Vorstellungsgespräch kennengelernt. Er war ein Mann um die Fünfzig und hatte einen strengen und gleichzeitig gütigen Blick. Bracke trug eine Brille, leicht angegrautes Haar und immer ein weißes Hemd, dessen obere Knöpfe geöffnet waren. Brackes Hände wirkten wie Schaufeln; bei der Begrüßung spürte ich den schraubstockartigen Druck, auch hatte ich den Eindruck, dass er ungewöhnlich muskulös wirkte. Er hatte erklärt, dass seine Firma alle anfallenden Problemabfälle entsorge und auch sonst jeden Auftrag übernähme. Ich müsse mich einarbeiten. Ob ich ein Problem darin sähe. Ich hatte verneint. Weiterhin teilte er mit, dass meine derzeitigen Kollegen hauptsächlich bei Entkernungstätigkeiten unterstützen würden. Da wäre zunächst, um sie vorzustellen, Percy Lindenlaub, ein Bekannter seines Sohnes Oliver. Ja, Oliver wäre sein Sohn, und da sei schließlich noch Richard.

Eine zierliche junge Frau, die Sekretärin und seiner Darlegung nach rechte Hand, saß etwas im Hintergrund und war Zeugin meiner Einstellung. Sie war sehr schlank, trug schulterlanges glattes Haar und hörte dem Gespräch mit stoischer Miene zu.

Am Ende hatte mich dieser Bracke nach fortwährender Sichtung meiner Unterlagen eingestellt. Die Sekretärin, Frau Trepes, packte einige Unterlagen zusammen, die sie vor sich auf dem Tisch zu liegen hatte, und ging nach einem spitzen, an mich gewandten „Na dann, Herr Hofler" in ihr separates Büro. Bracke sandte ihr einen stirnrunzelnden Blick nach.

„Doch, das hat er schon erwähnt", sagte ich. Percy zerdrückte seine Zigarette. „Na also."

Richard sog die Luft durch die Nase. „Also, Adrian: Wir fangen mit dem Dach an. Währenddessen räumst du alles aus dem Waschhaus in den Transporter. Eisen, Holz, und trennen, klar? Wenn wir dann mit den Wänden beginnen, fährst du die alten Ziegel mit der Karre zur Wanne. Wir helfen später mit. Die

Dachpappe lässt du vorerst liegen." Richard schnappte sich die Kettensäge und stellte mit den anderen Leitern ans Waschhaus.

„Alles klar", erwiderte ich.

Oliver, schon auf den ersten Sprossen, sah hinab. „Ehrlich gesagt, 's ist 'ne harte Arbeit. Ich meine, du siehst 'n bisschen dünn aus. Es wird doch hoffentlich gehen, oder?"

Ich blinzelte in die Sonne und lächelte. „Es wird schon gehen."

Dann kam der Container. Sie arbeiteten, wechselten kaum Worte und beobachteten mich. Einem Neuen wird immer misstraut. Er bringt das Eingefahrene, die Gewohnheiten, aus dem Gleichgewicht. Das Gefüge, die Chemie ändert sich.

Kurz vor neun stieß Percy Oliver an. Sie äugten durch das fast abgerissene Dach. „Der hat den Transporter schon voll geknallt. Die Bude ist leer." Richard rief durch den Spalt: „Äh, Adrian, hol mal vier Ampeln." Er warf die Geldbörse hinunter. „Hier gleich um die Ecke ist ein Getränkemarkt." Ich entfernte mich.

„Wart nur ab, wenn's an die Ziegel geht. Da hängt er durch." Oliver hob bedauernd die Brauen.

Als ich zurückkam, turnten sie herab. Die Wände standen frei. „Wir liegen gut im Plan", meinte Richard. „War alles morsch." Ich verteilte die Biere. Wir aßen unser Pausenbrot. „Sag doch mal 'n Ton", forderte Oliver und wandte sich an den mich.

„Ich hab nichts zu sagen." Ich setzte die Flasche an und trank.

Richard biss in seine Stulle. Percy warf Oliver einen Blick zu.

„Was machst'n sonst so?"

„Ich laufe gern."

„Ich saufe gern", konterte Richard.

Seine zwei Kollegen stimmten in sein grölendes Lachen ein. Ich sah ungerührt zu. Richard wischte sich den Schaum von den Lippen. „Verstehst du keinen Spaß?"

„Jeder lacht an einer anderen Stelle."

„Du joggst also", stellte Oliver fest. „Das ist nicht gerade der Brüller."

„Nein, eher längere Strecken, Halbmarathon."

Oliver reckte seinen Brustkorb. „Und das gibt dir was?"

„Das Gehirn wird mit Sauerstoff versorgt. Man kann an seine Grenzen gehen. Der Kopf wird frei."

Richard wies mit dem Finger auf Percy. „Du hast's gehört. Du musst mehr laufen. Sonst bleibst du so behämmert, wie du bist." Er klatschte sich auf den Schenkel. „Adrian, du haust Dinger raus. Biste nicht ausgelastet mit so 'ner Arbeit?"

„Die Sache hier ist eher eine Frage der Kraft. Das Laufen ist was völlig anderes."

Oliver erhob sich. „Jetzt werden wir laufen. Eher kurze Strecken, aber der Kopf wird frei." Percy warf seine Flasche in den Container. -

Sie brachen die Mauern mit Vorschlaghämmern ein. Mit Karre und per Hand wurden die Ziegel in die Wanne verbracht. Die drei legten ein hohes Tempo vor.

Nach zwei Stunden unermüdlichen Transportierens waren alle ins Schwitzen gekommen. Sie schalteten einen Gang herunter. Die Bewegungen gerieten gemächlicher, wobei man sich kaum etwas anmerken ließ. Ich arbeitete rhythmisch, bemühte mich um gleichmäßiges Atmen und schien plötzlich von einer stillen

Begeisterung erfasst. - Schließlich sah Richard auf seine verstaubte Uhr. „Machen wir Mittag?" In seiner Stimme lauerte ein Unterton. Er sah zu Oliver, der seine Ziegel zornig fortwuchtete. „Also Mittag", meinte der mit einem Blick auf mich. „Hau hin, teil dir die Kraft ein, der Tag ist noch jung."

Die Pause verlief schweigsam. Ich saß still auf ein paar Ziegeln. Die anderen hingen ihren Gedanken nach und musterten mich unablässig. „Du scheinst ein brauchbarer Junge zu sein", unterbrach Richard die Ruhe.

„Wart's ab", meinte Oliver feindselig, „Woche für Woche diese Maloche, da trennt sich die Spreu vom Weizen."

„So isses." Percy betrachtete seine Oberarme. -

Der Nachmittag brachte weiterhin Schwerarbeit. Das Wechseln des Containers ermöglichte eine Rauchpause.

Sechzehn Uhr räumten sie die Werkzeuge zusammen. Ich hatte mir keine Blöße gegeben. Percy und Oliver missfiel das. Sie tuschelten miteinander.

Dann kam Bracke vorbei und begutachtete das Geleistete. Er wirkte zufrieden. „Hat Adrian gut mit angepackt?" wollte er, mich auf väterliche Art mit einbeziehend, von Richard wissen und kletterte über die Trümmerstätte. „Es gab keinen Grund zur Klage." Richard sah zu Oliver hinüber, sein Lob zurückhaltend. Er wollte Ruhe im Stall.

Bracke überlegte. „Hm, alles bestens. Ein zusätzlicher Mann macht sich eben bezahlt. Wir liegen gut. Sperrt noch ab und dann nach Hause. Morgen früh um sieben macht ihr weiter."

Ich war am nächsten Tag als Erster halb sieben auf dem Bau und setzte mich auf ein paar liegen gebliebene Bretter. Ich ließ den vergangenen Tag Revue passieren und sah zum halb eingerissenen Gemäuer. Früher hatten die Leute hier ihre Wäsche gereinigt. Ich stellte mir die kleinen lärmenden Kinder vor, die ständig im Weg waren, die ermahnenden Rufe, das karge Spielzeug, währenddessen die Mütter den Kessel heizten.

Schließlich trafen die anderen ein. Statt eines Grußes bemerkte Oliver: „Hättest ruhig schon die Absperrung entfernen können. Jetzt geht's zur Sache." Er nahm den Vorschlaghammer aus dem Transporter. Percy begann in der Zwischenzeit, die Umzäunung abzureißen. Dann hielt ein Wagen in der Einfahrt. Bracke erschien. Ich stand noch wie gelähmt. „Morgen, Jungs. Adrian." Bracke sah mich an und lächelte. „Komm, pack mit an." Er war bereits an der Wagentür. „So, macht mal; kann sogar sein, wir kriegen noch eine alte Scheune."

Zum Frühstück wurde erneut der Container gewechselt. Wortlos verlief die Pause. Die Sonne stieg höher.

Ich schleppte Steine und ließ mir nichts anmerken. Der Schweiß lief mir an den Nasenflügeln entlang. Dann ordnete Richard eine kurze Pause an.

Richard trank eine Büchse Bier. Mein Blick irrte über die Ziegelwüste. Ich musste plötzlich heftig atmen. Doch der Gedanke an den abendlichen Lauf machte mich ruhiger. -

Tags darauf hatten wir das Waschhaus abgetragen. Ich blieb beständig abseits; das Verhältnis kühlte merklich ab. Ich fühlte mich umlauert, gemustert, doch tat ich meine Arbeit mit unermüdlicher Härte gegen mich selbst. Als Richard mich einmal lobte, beschlich mich Unsicherheit, obwohl mich die Anerkennung bestärkte. Ich bekam mit, dass die beiden Rivalen Richard ins Kreuzfeuer nahmen. -

Der nächste Auftrag bescherte uns die erwähnte Scheune. Sehr hoch gebaut, mit einem morschen Holzdach. Als Bracke uns eingewiesen hatte und davongefahren war, begann Oliver von neuem kumpelhaft zu stochern: „Na, Adrian, hast du dich schon bei meinem Alten beschwert?"

„Worüber?"

„Dass der Job zu hart ist, zu dreckig…"

„Gut jetzt!" rief Richard und klatschte in die Hände. „Anfangen! Der Junge macht sein Ding. Lasst ihn in Ruhe!"

„Hast du das Stahlseil mit?" wandte sich Percy an mich. Er war in letzter Zeit zurückhaltender geworden.

„Ja." Ich eilte zum Transporter. Auf dem angrenzenden Gehöft öffnete jemand ein Fenster. Ein alter Mann beugte sich über das Sims.

„Ach, Herrgott." Oliver verdrehte die Augen. „Auch noch Zuschauer."

„Na, Männer", rief der Mann herüber. „Früher war alles anders."

„Was denn?" Percy stemmte die Hände in die Hüften. Richard stieß ihm in die Seite. „Los, komm."

„Früher", tönte der Bejahrte, „haben wir so viel abreißen müssen. Da gab's nichts zu bereden. Da legten wir los. Die Pfoten haben wir uns blutig geschrammt." Er hob einen Finger. „Rumstehen, das galt nicht, auch lange nach dem Krieg. Geld gabs schon gar nicht. Nichts außer Arbeit." - Ich zog das zentnerschwere Seil heran, blieb stehen und sah zum Fenster hoch. „Wären Sie so liebenswürdig, uns um neun Uhr etwas Kaffee runter zu bringen? Wir geben auch was." Die Läden oben schlossen sich. Ich warf die Eisenschnüre hin. Richard grölte los. Grimmig prüfte Oliver das starke Seil. „Also gut, wie wird das jetzt? Machen wir das nun so mit dem Oberfenster?"

„Ja, will ich meinen. Wir winden das Seil innen rein, durch die Höhlung wieder raus nach unten. Dann reißen wir mit dem Transporter die Stirnwand weg. Damit stürzt das morsche Dach ein." Richard entzerrte das Seil. -

Kurz vor Mittag war der Container voll. Wir saßen im Schatten, pausierten, als er ausgetauscht wurde. Bracke kam „Macht um vier Schluss", rief er. „Transporter beladen und dann ab." -

Der Abriss nahm eine Woche in Anspruch. Der Trümmerberg, den wir gleich Ameisen unablässig abtrugen, verkleinerte sich; aus dem Chaos wurde Ordnung, aus der vernarbten Wiese würde neues Grün schießen. Wir sammelten und entfernten sämtlichen störenden Unrat, bis das Stück Land wieder atmen konnte. Die Stelle, an der die riesige Scheune gethront hatte, gab den Blick frei in den Sommerhimmel, und die gewaltige Linde, einst an den Giebel gedrückt, von der Zerstörung verschont, griff mit ihren Zweigen befreit in das Blau. Das alte Gebäude, ehedem unter großen Mühen errichtet, nun nieder gebrochen, war ausgelöscht, Geschichte.

Der Nachbar, der ihnen durch das geschlossene Fenster zugesehen hatte, riss es auf, als sie davonfuhren: „Das ist doch nur noch ein Loch. Ein Loch in der Erinnerung."

„Dieser Narr", bemerkte Oliver. „Die hängen so am Alten." Richard öffnete ein Bier. Ich lenkte den Wagen zur Hauptstraße. „Er wohnt vielleicht schon vierzig Jahre hier. Das ist, als würde man ihm einen Arm abhacken." -

Die Tage hatten uns nun doch verbunden, die ständige gemeinsame Arbeit daran gewöhnt, miteinander auszukommen. Oliver musste konstatieren, dass ich kein Schwächling war, mit leisem Zorn sogar zugestehen, oft viel emsiger bei der Sache. Percy hatte lange nicht mehr räsoniert, und Richard stand über den Dingen, ließ sich auf keine Seite ziehen.

Die Entkernungszeit war vorbei. Percy und Oliver wurden vorübergehend abgemeldet. Sie waren ausgeliehene Arbeiter und wurden nun bei anderen Abrissen eingesetzt. Ich war vorübergehend etwas erleichtert.

Jeden Morgen um halb sieben betrat ich von Beginn an die kleinen Geschäftsräume und setzte mich in einem Durchgangszimmer an einen eigenen Schreibtisch. Rechts von mir hatte Frau Trepes ihr Büro, und links war Brackes Zimmer.

Punkt 6:45 riss Bracke die Eingangstür auf. Ein Hauch von Tatkraft wehte herein. Er begrüßte uns und bat mich, für uns drei Kaffee zu bereiten. Danach setzten wir uns in sein Büro und gingen den Tagesplan durch. Sein Schreibtisch wirkte unaufgeräumt, doch er fand sich bestens zurecht. Er besaß eine kleine Kassiermaschine im handlichen Format, mit dem er die Einnahmen und Ausgaben errechnete. Frau Trepes als Sekretärin bearbeitete an ihrem Computer die Aufträge, Entsorgungspreise und Angebote unseres Unternehmens.

Gleich am ersten Samstag hatte ich laut Anweisung an einer Schulung teilgenommen und mittags nach einer Prüfung die Berechtigung zum Transport von Gefahrgut in der Tasche.

Bracke setzte große Hoffnungen in mich. Sein Gesicht barg immer, wie mir schien, eine winzige Spur von Sorge.

Es ging schließlich richtig los. Fortan entsorgte ich Sondermüll, Problemabfälle aller Art. Ich lernte täglich hinzu. In meiner Umschulung hatte ich nur bruchstückhaft etwas davon mitbekommen, welche Dinge zum separaten Transport in sogenannte Zwischenlager gehörten. Frau Trepes kannte sich glänzend in der Branche aus und führte Listen mit Gefahrguteigenschaften. Sie wusste alles über Kleber, Verdünner, Farben, Lacke, Batterien, Harze, Sprays, Säuren, Laugen, Schwermetalle, Öle und vieles mehr. Dass mein neuer Job abwechslungsreich war, schien noch stark untertrieben

Mein erster Auftrag führte mich in eine benachbarte Kleinstadt. Zwanzig Fässer mit verbrauchtem Ionenaustauscher sollten entsorgt werden. Ich lenkte den großen Transporter und war verantwortlich für die Aufnahme, Verstauung und Sicherung der Ladung.

Und so ging es weiter. Jeden Tag etwas Neues. Ich nahm die Abfälle vor Ort schriftlich auf und ermittelte ihr Gewicht, bevor ich sie im Wagen barg. Die spätere Bezahlung erfolgte oft nach

Kilopreis. Alles brachte ich in verschiedene Zwischenlager, riesige Höfe, in denen sich die Abfälle sorgsam stapelten, und nach einigen Monaten grüßten mich die Arbeiter dort wie einen alten Bekannten. Überall sammelte sich Problemmüll, der ordnungsgemäß entsorgt werden musste, privat oder gewerblich. Es gab zwischen dem Auftraggeber, dem Entsorger, also uns, dem Zwischenlager und der Umweltbehörde ein vorgeschriebenes und überwachtes schriftliches Verfahren.

Die Arbeit machte mir Spaß. Ich war natürlich auf mich allein gestellt, doch damit wuchs meine Eigenständigkeit. Ich verfrachtete Laborchemikalien, Wasserstoffperoxid, Altöle, die in den Lagern auf Tetragehalt überprüft wurden, ob sie bei der Probe mit blauer Flamme brannten. Dadurch erhöhte sich der Preis. Fässer mit Pulverfarben wurden von mir verladen, die Fruchtschädigungen hervorrufen konnten, Stoffe, die heftig mit Sauerstoff reagierten. Ich transportierte Kondensatoren mit polychlorierten Biphenylen ins Salzbergwerk nach Hessen.

Eines Tages erklärte mir Bracke, dass wir die Tochter einer Kanalsanierungsfirma seien, deren Sitz ein paar Straßen entfernt lag. Am Jahresende schöpfte sie unseren Gewinn ab und verwendete ihn für ihre Investitionen. Das war durchaus legitim. Ich bekam regelmäßig mein Gehalt, auch wenn es nicht sehr hoch war. Mir war schon lange aufgefallen, dass Bracke oft freitags erwähnte, zu einer Frau Hummitzsch zu müssen. Es war die Geschäftsführerin der Kanalsanierung. Offenbar erwartete sie vor dem Wochenende eine Art Rapport der vorangegangenen

Tage. Und ständig kam er mit einem verdüsterten Blick in unsere Räume zurück. Doch trotz allem, was sich da abspielen mochte, blieb er ein gütiger Vorgesetzter, der mit uns jeden Auftrag ordentlich besprach.

Einmal kam diese Hummitzsch zu uns in die Räume. Sie klopfte nicht an, sondern stürmte gleich in sein Büro. Frau Trepes und ich wechselten einen Blick. Sie schüttelte nur den Kopf.

Frau Hummitzsch war eine merkwürdige Erscheinung. Sie hatte sehr dünne Beine und einen gewaltigen Brustkorb, schien Mitte Vierzig und trug blondes langes gelocktes Haar. Sie hinterließ bei mir einen herrischen Eindruck. Im Zimmer Brackes entwickelte sich eine Art Wortgefecht, wie wir hören konnten. Doch ständig vernahm man nur ihre grelle Stimme. Bracke war ein besonnener Mann.

Überhaupt Bracke. Als wir die verbliebenen Lappenreste einer alten Lederfabrik entsorgten, die abgewickelt worden war, packte er mit an. Die verseuchten oberflächenbehandelten Lumpen stapelten sich auf einem Vorplatz, es waren vielleicht zwanzig Quadratmeter. Warum er selbst mit aushalf, war mir schleierhaft, denn auf Percy und seinen Sohn hatte er verzichtet. Doch nun sah ich, wie er arbeiten konnte. Er schien ein Mann aus Stahl zu sein. Immer trug er die doppelte Menge der Lederreste, die ich verbrachte. Und während sich bei mir die Anzeichen von Erschöpfung zeigten, schien Bracke nicht wirklich zu ermüden.

Als wir einmal alte Kühlschränke eines abgehalfterten Ladens abholten, transportierte er allein so ein Monstrum. Der Inhaber teilte uns mit, dass nebenan ein Supermarkt entstanden sei.

45

Niemand würde mehr bei ihm kaufen. Bracke nickte mitfühlend.

Er forderte von sich selbst mehr als von mir. Bei ihm wurde ich kräftiger und ausdauernder. Dieser Mann war unheimlich. Er kam mir vor wie ein Gespenst. Ich hatte nie gewusst, was Arbeit bedeutet, bevor ich Bracke kennen lernte. Manchmal legte er seine Uhr ab und ließ sie liegen, vergaß sie schlicht, mal begann er in guten Schuhen zu malochen und zerrammelte sie, bevor er es merkte. Privatleben und Beruf verschmolzen bei ihm. Er fluchte natürlich auch gehörig, wenn er in seinem Element war. Bracke fuhrwerkte wie eine Maschine. Oft belehrte er mich, dass Tätigkeit das Wichtigste im Leben sei. Ich konnte ihm zu keiner Zeit das Wasser reichen. Es war mir lange ein Rätsel.

Der Job hatte manchmal auch seine Schattenseiten. Percy und Oliver waren mit von der Partie, als wir in einer alten Fabrik, die vormals Dampfkessel hergestellt hatte, schädliche Rückstände beseitigten. Mit Spitzhacke und Schaufel bewaffnet, gruben wir uns zwanzig Zentimeter bis zum Boden einer Halle durch. Wir trugen keinerlei Schutzmasken, aber die Abfälle bestanden aus schwermetallhaltigen Chrom-VI-Verbindungen.

An einem anderen Tag schüttete Bracke in ein bereitstehendes Plastikfass Restsäure und danach etwas Lauge. Danach klappte er den Deckel zu. Es konnte ihm nicht schnell genug gehen. Als er ihn wieder öffnete, schoss dieser mit einem Knall bis an die Hallendecke. Er kannte sich nicht so genau aus wie Frau Trepes, und ich war einfach zu langsam im Denken gewesen. Unsere Köpfe wichen erschrocken zurück. „Ach ja", sagte er, „das reagiert ja. Na, noch mal Glück gehabt, Herr Hofler."

Als ich im Sommer große Mengen Säure transportierte, die ich abgeholt hatte und nach zwei Stunden Fahrt vor dem Bürogebäude ankam und ausstieg, konnte ich nach einem Blick zurück nicht gleich die Tür schließen. Da, wo ich gesessen hatte, sah alles normal aus. Aber der Rest des Fahrerraums hatte einen roten Film aufgelegt. Ich sah deutlich meinen Umriss. Ein Fass hatte sich unmerklich geöffnet und Säuredampf war ausgetreten.

Es war ein kleiner, wenig besuchter Ort im Erzgebirge, von bewaldeten Hängen und Felswänden gesäumt. Nur Bracke kam diesmal wieder mit. Ich lenkte den Transporter zum Zielort, einer großen Wiese. Ringsum befanden sich mehrere zweistöckige Gebäude. Hunderte von Altreifen lagerten hier, die es zu entsorgen galt. Es gab ein bestimmtes System, wie man die Reifen platzsparend nebeneinander stapelte. Massen von Spinnen hatten sich in den sonnengewärmten Karkassen verborgen und wimmelten jetzt gestört durch die Unruhe überall hervor.

Um die Mittagszeit, als der Wagen beladen war, gebot Bracke Einhalt. „Wird Zeit, dass wir was essen." Wir suchten und fanden eine kleine Gaststätte, setzten uns drin an einen Tisch. Es war ein spärlich besuchtes Lokal an diesem Wochentag. Bracke schwor auf Forelle, wie ich einmal gehört hatte. Und wir tranken ein großes kühles Bier. So robust er malochte, so filigran werkelte er am Fisch und entfernte sorgsam die Gräten. „Sie hätten doch Oliver mitnehmen können", bemerkte ich.

Wieder sah er mich etwas sorgenvoll an. „Wir müssen rechnen",
sagte er. „Das geht nicht immer." Nach dem Essen schwiegen
wir uns eine Weile an. „Wieso können Sie so rackern?" platzte
ich heraus. Bracke sah mich lange an. Er wirkte etwas
überrascht. Erneut gruben sich dann diese Falten in seine Stirn;
eben hatte er doch mit unverhohlener Freude die Forelle
verspeist. „Du kannst Theo sagen", meinte er plötzlich, und ich
schob es nicht auf das Bier. Er musste den Zeitpunkt genau
gewählt haben. „Adrian", sagte er, „nach dem Krieg, da war ich
acht. Ich schoss in die Höhe, war spindeldürr. Eine harte Zeit,
das will ich nicht betonen. Ich hatte kaum was Ordentliches zu
essen. Aber rackern musste ich immer. - Na gut, jedenfalls wurde
ich später Hauer im Bergwerk. Diese Arbeit hat mich geformt,
viele Jahre..." Und dann brüsk: „Wichtig ist, was wir jetzt tun.
Komm, Adrian, machen wir weiter." Nun wusste ich, woher seine
unheimliche Energie herrührte. „Ja, Theo", hörte ich mich sagen,
und es war seltsam befremdlich, als diese Distanz sich
verkleinerte. -

Als ich die Altreifen auf einer Deponie ablieferte, stieß ich auf
einen alten Bekannten, einen ehemaligen Mitarbeiter des
Betriebes, in dem ich einst Waschmaschinenbolzen geschliffen
hatte. Er drehte damals riesige Lagerwellen, zwei Meter lang, mit
einer hohen Oberflächengüte. Jetzt sortierte er hier auf einer
windigen Anhöhe Reifen. „Mensch, Hofler", rief er, „dass man
sich hier wiedertrifft." Er überschüttete mich mit einem
Wortschwall. „Weißt du noch, unsere Kantinen-Uschi, die hat
noch eine Auszeichnungsreise gekriegt nach Kuba. Na, ob das

mit rechten Dingen zugegangen ist. Und nun, alles abgewrackt. Du bringst mir den Gummi, ich stapel den Gummi."

„So ist es", sagte ich. Er ließ mich nicht zu Wort kommen. „Ich hab einen Bekannten, der hat Elektromotoren gewickelt, eine komplizierte Arbeit. Du kannst dir nicht vorstellen, was der jetzt macht. Er fährt Scheißhäuser breit, auf die Baustellen, für die Baurülpse. Es wird alles abgerissen, alles marode. Du kommst zurecht?" fragte er.

„Ja, sozusagen."

„Alles Scheiße, sag ich dir. Das sind die blühenden Landschaften." Ich entfernte mich.

Wenig später erhielten wir einen weiteren interessanten Auftrag. Im Vogtländischen sollten wir die Nachtspeicheröfen eines Kurheims entsorgen. Beim Eintritt in die Gemäuer wurde mir so einiges klar. Ach an Brackes Blick konnte ich es erkennen. Hier war das ehemalige Refugium ehemaliger Parteibonzen gewesen. Rückzugsgebiet vom alltäglichen Trubel. Im Schatten alter Fichten hatten sie es sich gut gehen lassen, fernab, fast versteckt von befahrenen Straßen. Wir sollten die Nachtspeicheröfen entsorgen, die in den Zimmern unter den Fenstern standen. Sie enthielten im Innern schwach gebundene Asbeststreifen. Auch dieses Anwesen wurde abgewickelt, umfunktioniert für andere Zwecke. Hier würden vielleicht einmal Familien ihren Urlaub verbringen.

Die Sauna, die holzgetäfelten Bars in den Kellerräumen, die Wände mit Naturstein gemauert, das alles sahen wir nun. Wir

49

fanden auch einen geräumigen Klubraum mit einer Bühne vor. Offenbar hatten sich diese Chargen Tanzcombos bestellt, die ihnen aufspielten. Das Holzparkett, unnatürlich aufgewölbt, schien dem Zahn der Zeit nicht widerstanden zu haben. Ja, so war es wohl, dass diese Typen hier Wasser gepredigt und Wein getrunken hatten. Ich konnte mir gut vorstellen, wie sie abends mit schenkelklatschendem Pathos bei *Rosenthaler Kadarka* ihren zweifelhaften Weltanschauungen gefrönt hatten. Am anderen Morgen hatte sie der Gesang der Kohlmeise geweckt, und sie waren offenbar verkatert in ihren braunen Trainingsanzügen herausgeklettert, um dem Frühsport zu huldigen. Das gehörte zweifellos zum Klassenkampf. Diese Mauern hatten nichts von ihrem geheimen Tun preisgegeben. Doch nun schrieben es die Zeitungen.

Die Nachtspeicheröfen hatten es in sich. Sie wogen an die dreihundert Kilo, und man konnte sie beileibe nicht schleppen. Wir schoben sie bis zu den Treppen. Bracke kam dann auf die Idee, auf ihnen Bohlen auszulegen. Man konnte die Öfen dann durch Herabschieben bewegen. Es war ein zweistöckiges Haus, und vor dem Eingang brachen wir die Ummantelung auf. Das Blech und die darin befindlichen doppelt gebrannten Ziegel verbrachten wir in verschiedene Container, das Asbest in Plastikfässer. Der Dämmstoff, der sich außerdem noch in den Öfen befand, machte uns zu schaffen. Die feinen Staubpartikel hafteten sich überall am Körper an. An diesem Tag hatte ich stark geschwitzt und mich dann bei der Rückfahrt erkältet. Ich bekam Fieber und musste zum Arzt.

Es klingelte an der Tür. Ich war überrascht. Percy und Oliver statteten mir einen Krankenbesuch ab. Mein Fieber war gesunken an diesem Samstag, und ich würde in der kommenden Woche wieder meine Arbeit aufnehmen. „Setzt euch. Ihr kommt zu mir?" fragte ich etwas verständnislos.

Oliver wuchtete seine Hand auf meine Schulter. „Ja, alter Marathonläufer. Mein Alter hat mir erzählt, dass du krank bist. Schon gerannt heute?" Percy betrachtete das Bild von Emil Zatopek an meiner Zimmertür.

„Nein, aber am Montag fang ich wieder an."

„Dir gehts also besser?" fragte Percy, und sie setzten sich.

„Ja." Ich stellte ihnen zwei Biere hin und brühte mir Kaffee. Als ich zurückkam, sagte ich: „Schön von euch, dass ihr an mich dachtet."

„Erzähl doch mal vom Marathon", meinte Percy.

„Ach, es ist doch nur ein halber gewesen", sagte ich.

„Macht doch nichts, ist immerhin eine ganz satte Strecke", bemerkte Oliver.

„Ich bewundere diese Menschen. Sie besiegen sich selbst." Ich starrte auf Zatopeks Konterfei und dachte nach. „Am Start eines Marathon zittert man wie ein Hase. Man fiebert dem Wettbewerb entgegen und fühlt sich kraftlos, untauglich, als würde man keinen Meter laufen können. Man bereut, will weg, nach Hause. Es ist wie ein Neubeginn, wie ein neuer Abschnitt deines Lebens. Davor hast du Angst. Was werden die anderen tun? Es sind deine Gegner. Sie denken alle nur an sich. Ihre Arme sind unruhig und seltsam angewinkelt. Die Läufer wirken wie Wölfe.

Das Ziel ist ihr Opfer. Du bist ihr Opfer. Und sie wollen dem Ziel alles opfern.

Aber dann fällt der Startschuss. Und wie die Lemminge rennen wir los. Die Kräftigen, Hochgewachsenen setzen sich ab. Man weicht ihren hämmernden Ellbogenbewegungen aus, als fürchtete man sich davor, in die Pleuel einer Lok zu geraten. Sie setzen sich ab.

Mit den ersten Minuten bekommt das eigene Körpergewicht eine andere Dimension. Adrenalin schießt. Man fühlt sich leichter. Nach und nach, je weiter man sich vom Start entfernt. Man fliegt über die Tartanbahn… Die Stadionkurve erscheint, es geht raus, das Feld zieht sich auseinander. Ja, es geht raus ins Freie, in die weite Welt. Man gelangt aus dem Rund und sieht die Ersten auf einer Steigung, göttergleich. Da kriegt man einen kleinen Knacks, noch nicht schlimm. Und dann geht es weiter, unter den Füßen das Asphaltband. Es dröhnt in den Ohren. Man beginnt, sich einem bestimmten Atem- und Laufrhythmus anzupassen. Irgendwer ist neben dir und benutzt dich als Schrittmacher… Du versuchst, ihn abzuschütteln. Es funktioniert nicht. Du kennst ihn gar nicht. Er läuft Kilometer neben dir her, du siehst den Schweiß auf seinem Gesicht. Er ist ein fremder Mensch, doch je länger du an seiner Seite bist, umso vertrauter wird er dir; du begegnest ihm nur Minuten, vielleicht fünf Minuten. Ihr könnt zweifellos nicht reden, aber du machst dir Gedanken, was ist das für einer? Hat er Familie, Kinder? Warum läuft er? Er ist dein Gegner, könnte er dein Freund sein? Warum finden solche Wettkämpfe überhaupt statt? Man läuft zusammen und doch gegeneinander. Ab und zu sieht er auch zu dir herüber. In seinen Augen spiegeln sich abwechselnd Hass, Angst und Erschöpfung, ich weiß nicht, man kann es nicht immer deuten, alles Mögliche an Eigenschaften, die ein Mensch in Notsituationen entwickeln kann. Wir sind nicht in Not, aber man hat das Spiel einmal angefangen. Man muss laufen, laufen, wie ein Uhrwerk. Man kann den Gegner nicht abschütteln, es geht um nichts - oder doch um alles - oder nur darum, sich selbst zu besiegen. Und so laufen wir Seite an Seite, vielleicht der Sechzigste gegen den Neunundfünfzigsten und könnten Freunde sein, uns gemütlich im Biergarten treffen... Aber wir wollen - ja, was wollen wir? Die Phase bricht an, wo alles mechanisch wird. Die Besten sind aus dem Blickfeld, die Langsamen hinten verschwunden. Man bewegt sich auf weiter Flur, im Niemandsland. ,Wer bin ich?' denkt man. Von Feinden umgeben fängst du plötzlich an, das Innerste deiner Seele auszuloten. Das ist bedrückend und befreiend zugleich. Die Gedanken rasen durch den Kopf wie im Zeitraffer."

Ermüdet pausierte ich, als wähnte ich mich mitten im Rennen. Percy lehnte sich auf der Couch zurück. Oliver blieb gebannt vornüber gebeugt sitzen. „Und dann?"

„Dann? - Dann setzt sich dein Gegner ab. Einen Meter, zwei Meter, du siehst seine Hacken. Er ist gar nicht mehr dein Freund. Er geht weg, weg von dir. Er kriegt Oberwasser. Er ist Neunundfünfzigster. Du kannst die Lok nicht aufhalten. Du hast verloren. Das ist der nächste Knacks. Aber du willst ja weitermachen, ins Ziel kommen. - Jetzt bist du allein. Völlig allein. Ausgepumpt, wie du glaubst. Aber da müssen doch noch

Reserven sein. Ungefähr die Hälfte der Strecke ist überwunden. Es geht so gesehen bergab. - Na ja, und irgendwann in deiner Einsamkeit siehst du auch einmal zurück. Ein kontaktloser Läufer wie du stellt dir nach. Er muss ein Affentempo drauf haben. Du wehrst dich dagegen, beschleunigst. Dein Atem ist außer Rand und Band, du blickst dich wieder um, er kommt näher, du bemerkst das verzerrte Gesicht, du bist ein Gejagter, laufen, laufen. Dann hörst du das Hämmern seiner Sportschuhe im Rücken, du beginnst ihn zu hassen, es ist ein wenig wie im Krieg. Doch da hat er dich schon bezwungen, wie ein Eilzug rast er vorbei, du lässt ihn ziehen, na gut, einer mehr.

Man hat zwei Drittel des Pensums hinter sich. Der Körper wird schwer wie Blei. Wozu die Quälerei? Eine ganz kritische Phase!"

„Und dann kriegt man keine Luft mehr, stimmt's?" sponn Percy den Faden weiter.

„Ja, so etwa. Die Brust krampft sich zusammen. Ich frag mich wirklich, warum ich das tu."

„Und das Ziel...?"

„Das Ziel. Das Ziel taucht endlich auf. Das Stadion, in welchem alles begann. Der Kreislauf schließt sich. - Das Ziel hatten die Ersten unterdessen erreicht, umtost von den begeisternden Rufen derer, die unserem merkwürdigen Lauf beiwohnten, bei Start und Ankunft. Bei uns, die wir im Mittelfeld eintrafen, schien der Beifall gemäßigter. Ich war fertig, man hätte mich umblasen können.

Nun, eingetrudelt. Das, was vom Tage übrig blieb: nach Hause gehen. Ich wollte teilnehmen, und das war's. Der olympische

Gedanke. Jedoch, das Ziel zu erreichen, sich selbst zu besiegen, das ist das Größte." Ich trank vom längst erkalteten Kaffee.

Am folgenden Montagmorgen riss Bracke wieder 6:45 die Tür auf. Ich saß bereits an meinem Schreibtisch. Doch diesmal wehte kein Hauch von Tatkraft herein. Stirnrunzelnd begrüßte er uns und winkte Frau Trepes in sein Büro. Dann schloss er die Tür. Ich hörte die beiden drin diskutieren; der Name unserer Gesellschafterin fiel, Hummitzsch. Dann öffnete sich der Raum, Bracke bat zur Tagesplanung.

Ein neuer Auftrag führte mich diesmal ein weiteres Mal tief ins Erzgebirge. Aus dem Lagerhaus einer ehemaligen Abfüllstation sollten etliche Fässer mit Altöl entsorgt werden. Ich verschloss die Emballagen nach Prüfung auf Dichtheit nochmals sorgfältig. Doch ich war wie immer allein. Zweihundert-Liter-Fässer. Wie sollte ich sie auf den Transporter bekommen? Ich suchte mir auf der Wiese, die sich vor dem Gebäude befand, eine kleine Senke, lenkte den Wagen mit den Hinterrädern hinein, legte hinten Bohlen an und rollte die Fässer unter Aufbietung aller Kräfte auf die Ladefläche, um diese anschließend wieder aufzurichten.

Nach dieser Buckelei und der Sicherung der Behältnisse hatte ich mir eine Stärkung verdient. Es ging auf Mittag zu. Langsam fuhr ich mit dem Wagen die Dorfstraße entlang, um einen Kiosk oder einen kleinen Laden ausfindig zu machen. Doch ich fand nichts dergleichen. Schließlich stieg ich aus dem Wagen und schlenderte die Straße entlang, um eventuell einen Bewohner dieses Fleckens zu befragen. Es waren schmucke

Einfamilienhäuser, die sich hier beiderseits der Fahrbahn befanden. Die Vorgärten sorgsam gepflegt, die Rasen gemäht, die Hecken verschnitten, die Zäune ordentlich gerichtet. Eine Spießergemeinde eben. Ich sah momentan keinen Mieter dieser Häuschen, und ich begann, die Namensschilder zu lesen, als ich plötzlich erschauerte. „Gregorek/Hofler" stand auf einem der angebrachten Briefkästen.

Ich hatte nie gewusst, wo meine Mutter hingezogen war. Dass mich der Hunger ausgerechnet zu ihrer Wohnstatt trieb, hätte ich mir im Traum nicht vorstellen können. Ich stand wie angenagelt in meiner Arbeitskluft.

Plötzlich trat sie aus dem Haus, gefolgt von einem Mann, offenbar diesem Gregorek. Ich ging langsam weiter und beobachtete die beiden. Sie liefen den Gartenweg entlang und diskutierten heftig miteinander. Ich entfernte mich immer weiter von ihnen. Meine Mutter wies ungestüm immer auf eine Stelle im Garten, er zuckte mit den Schultern und kehrte die Handflächen nach oben. Dann plötzlich wurde ihnen gewahr, dass jemand an ihrem Zaun entlangtrottete, und sie dämpften ihre Stimmen, sahen mir noch lange nach. Ich suchte wieder auf einem Umweg meinen Transporter auf. Was hätte ich tun sollen? Mit meinem Auftauchen für Furore sorgen und in das Feuer ihres Zwistes noch Öl gießen? Obwohl es ein grandioser Zeitpunkt gewesen wäre. Aber ich hatte andere Sorgen.

Ich hatte nicht gewusst, dass es ein wochenlanges Tauziehen um meine Person gab. Nur Ahnungen beschlichen mich. In letzter Zeit hatte Bracke lange mit der Hummitzsch telefoniert, ich vernahm Wortfetzen. Frau Trepes war oft hektisch und unkonzentriert. Bracke hatte es garantiert gespürt, dass etwas in der Luft lag, wie ein schlagendes Wetter. Doch eines Morgens wurde mir auch alles klar. Er sollte mich entlassen und hatte sich quergestellt.

Bracke riss wie immer die Tür auf; ein Hauch von Tatkraft wehte herein. Er brachte die Post mit, ging in sein Büro. Wir harrten unterdessen der Aufträge. Eine ganze Weile tat sich nichts, bis Bracke endlich im Rahmen erschien. Er winkte Frau Trepes, und sie verschwand im Zimmer ihres Vorgesetzten. Die Zeit verrann; ich wartete. Dann holte Bracke mich hinein. Er saß wieder hinter dem Schreibtisch, stoisch, die Arme auf der Platte. Vor ihm lag ein Schriftstück: seine Kündigung.

Bracke sagte es ohne Umschweife; er sei mit sofortiger Wirkung seines Amtes enthoben. Er nannte keine Gründe und meinte nur, dass es für uns keinerlei Konsequenzen hätte; alles bliebe wie bisher. Die Nachricht traf mich bis ins Mark. In einem Winkel des Raums hockte still Frau Trepes, etwas erbleicht, aber sehr gefasst. Es war eine eigenartige Situation; ich saß vor meinem suspendierten Chef. Bracke wirkte jedoch völlig gelassen. Erneut gewann ich den Eindruck, dass er das alles geahnt hatte. „Zehn Uhr kommt die Gesellschafterin", teilte er mit. „Adrian, setz Kaffee an." Als sei nichts geschehn. Bracke wühlte auf seinem unordentlichen Schreibtisch in den Unterlagen herum. Wie üblich hatte er die Lederjacke über den Stuhl gehängt und saß im weißen Hemd über den Papieren, streng, kontrolliert, unnachgiebig, seiner Aufgabe entbunden. - Ich brühte Kaffee im angrenzenden Zimmer. Trotz unserer Vertrautheit hatte ich mich während der Arbeitszeit nie ohne wichtigen Grund über Brackes Schwelle getraut. Diesmal trat ich einfach ein. Er sah auf. Ich fragte: „Was kann ich dagegen tun? Das kann man sich nicht gefallen lassen! Wieso überhaupt?" Bracke lächelte matt. „Du wirst deine Arbeit tun." Damit ließ er mich stehen und rechnete weiter obskure Summen auf einem Taschenrechner zusammen, mit emsiger Betriebsamkeit. Ich ging hinaus.

Zehn Uhr kam die legendäre Gesellschafterin. Hellblondes Haar, korpulent, ein Ausbund an Herrschsucht und Arroganz, wie ich erneut feststellen musste. Sie gab allen Anwesenden halbherzig die Hand und vereinigte mich und Frau Trepes zu einem kläglichen Duo. Ich betrachtete die Hummitzsch mit einer Mischung aus Neugier, Abscheu und Respekt. Bracke tauchte aus dem Büro, nachdem sie mehr gefordert als gebeten hatte, an ihn das Wort zu richten. Ja, da trat er vor sie hin, entkrampft, ganz die Ruhe, ein Mann wie ein Baum. Sie musste zu ihm aufsehen. Sein weißes Hemd, offen bis zur Brust und die Gegebenheiten erinnerten mich fast an eine Hinrichtung, an einen Delinquenten, der aufbegehrt hatte. Das eingetretene Schweigen tat sein Übriges. Vielleicht atmete Bracke jetzt ein bisschen schwer, womöglich hatte ich es mir nur eingebildet. Was sich hier abspielte, machte mich beklommen. Er schaute auf die Person herab, unerschütterlich, mit einem Anklang eines leisen Lächelns in den Mundwinkeln. - Dann begann diese Frau zu reden. Sie sprach vom Wachsen und Werden, von Erfolgen,

Stagnation und vom Geist der Firma. Sie entschuldigte dann die Entlassung Brackes mit der Begründung, dass eben gestern noch Gestein verfrachtet worden sei und es morgen die Lage erfordere, ,Pflaumen zu verkaufen'. Das wollte als Metapher verstanden sein. Sie hatte schlicht und einfach nur ihre Geschäftsidee geändert. Ab jetzt nur noch Kanalsanierung. Damit schien Bracke nicht mehr verwendungsfähig, er hatte mich beschützt, er war nicht mehr tragbar, wie es so schön heißt.

Der Schweiß war der Gesellschafterin aus den Achselhöhlen gedrungen und bildete hässliche Flecken auf ihrer hellen Bluse. Der Hüne Bracke, der stets alles gegeben hatte, hörte nur zu. Man degradierte, demütigte ihn vor uns. Und die transpirierende untersetzte Person entblödete sich zum Abschluss nicht, ihm für seine Verdienste zu danken. Bracke hatte am Thron gerüttelt - gleich einem Hauer im Bergwerk. Das war ihm schlecht bekommen. Übertage galten andere Gesetze. Ich war schockiert.

Die letzte noch verbliebene Aufgabe bescherte uns den Stützbau eines einsturzgefährdeten Hofschuppens. Diesmal waren Percy und Oliver wieder mit dabei. Wir starteten sieben Uhr morgens. Ich bat den Großen, den Transporter zu fahren und konnte sehen, wie die Gebäude am Fenster vorüberhuschten, alle diese Mauern, Gehöfte, Häuser, Wände und Steingebilde. Das Auto arbeitete sich schließlich über eine Bohlenbrücke auf einen großen herrschaftlich anmutenden Bau zu, über dessen Eingangsportal eine Art Wappen angebracht war, ein Adler. Wir stiegen aus. Ich fühlte mich zurückversetzt in ein früheres

Zeitalter, blieb hinter den anderen. Das Haus und drüben rechts davon ein Hang. Richard stapfte entschlossen voran; Bracke hatte ihn in seinem Wagen mitgenommen. Blick über den Platz, an dem zukünftig der Hammer regieren sollte. Ein stiller Hinterhof, ein brüchiges Gemäuer, der Schuppen, einer Grotte gleich. Wir hatten frische Ziegel mitgebracht.

Bracke ließ seine Augen vom Gestein über den Vorplatz bis zum Wagen gleiten. Transportwege… „Ja, Männer, hier wird Brot.", sagte er, als sei nichts geschehn. Noch nicht einmal seinem Sohn hatte er die Entlassung mitgeteilt.

Richard und die anderen krochen bereits über den Hang gleich Guerillas, die eine Festung einkreisen, tastend, forschend, prüfend. Bracke sah einen Berg Unrat in der Ecke des Gehöfts. Eine Schubkarre, drei alte Fahrradrahmen, Karkassen, einen Vorschlaghammer. „Das gute Zeug, die schmeißen's weg", bemerkte er und schnappte sich den Hammer. Danach ging es los. Es war sein letzter Tag.

Rund um das feudale Gebäude wuchs viel Grün, der Hang war übersät mit wildem Gesträuch. Wir räumten den angesammelten Unrat und den Schuppen aus, in dem sich meterhoch Schrott befand. Mittags hielten wir inne, setzten uns nieder, wickelten die Brote aus. Bracke blickte über den Hang mit stoischem Ausdruck, über die rohen staubigen Trümmer, wie ein Architekt, der sein steinernes Kind verändern und formen will, dann zu uns, wie wir die Stullen vertilgten. Er lächelte wohlwollend und in sich versunken herüber. Er musste es geahnt haben, aber in seiner bittersten Stunde lächelte er nur. Bracke nahm einen herumliegenden Ziegel in seine gegerbte Hand, wog ihn ab, strich mit der Linken den feinen Sand fort. Dann warf er den Stein zur Seite und raffte sich hoch. „Na los, Männer, machen wir noch'n Schlag."

Vierzehn Uhr schickte Bracke die anderen mit dem Transporter los, Schrott und Holz wegbringen, alles, was sich in dem Schuppen befunden hatte, dann nach Hause. Ich blieb mit ihm allein.

Als der Wagen unseren Blicken entschwunden war, sah er zur Uhr am Handgelenk. Dann durchbohrte er mich mit seinen ernsten sorgenvollen Augen, aus denen auch diese Härte sprach. „Wir müssen jetzt noch diese Stützmauer hochziehen. Die hält dann diesen alten Schuppen, der noch bleiben soll. Anschließend lassen wir das so. Wir machen unsere Arbeit. Bis sechzehn Uhr ist es zu schaffen." Ich rührte Mörtel in einem Bottich an und dann zogen wir jene letzte Mauer hoch, Stein auf Stein. „Such ordentliche Ziegel raus", sagte Bracke fortwährend. Ich reichte sie ihm zu, strich Mörtel drauf. Er arbeitete wie besessen. Ich kam kaum nach mit den Ziegeln. Wir rackerten schweigend im Halbdunkel zwischen Hauswand und Gewölbe. Der Schweiß lief ihm an den Nasenflügeln herab. Und er wies so manchen Ziegel von sich, verlangte Besseres. Auf engstem Raum, in eine schmale Nische gedrückt, vermauerte Bracke das Gewölbe, Stück für Stück. Ich musste plötzlich an sein Bergwerk denken.

Schließlich klopfte er den Staub von den Klamotten. Er sah mich an mit unerschütterlicher Ruhe. Erschöpfung war ihm

keineswegs anzusehen. „Zeit zum Aufbruch. Wir waren fleißig."
Bevor wir losfuhren, wies er noch einmal hoch zum Hang. „Was
denkst du, Adrian, die hält, oder?"

„Klar, die hält ewig", entgegnete ich.

Frau Trepes kündigte einen Tag später fristlos; schneidig und
korrekt schickte sie das Schreiben ab, setzte sich in ihren Golf
und fuhr von diesem riesigen Platz, auf dem sie allmorgendlich
geparkt hatte. Percy und Oliver wurden abgemeldet, sie
arbeiteten weiter beim Bau. Ich blieb übrig. Eine kleine Firma war
pulverisiert.

Ich besuchte Bracke gleich, nachdem er den ersten Tag zu
Hause bleiben musste. Ich war voller Zorn; er tat es ab mit einem
Lachen. Er hatte schon wieder andere Pläne und begann, ein
kleines Gartenhäuschen in seinem Hinterhof aus dem Boden zu
stampfen. Ein neues Objekt, das er formte.

Am nächsten Morgen musste ich mich bereits in den Räumen
der Kanalsanierungsfirma melden. Es war ein riesiger Bau mit
Foyer und Fuhrpark. Auf dem weiten Vorplatz standen zwölf
grellrote Transporter mit der Aufschrift „Kanalsanierung". Die
Hummitzsch hatte sich den Sanierungsmarkt der regionalen
Umgebung mit einer anderen Firma geteilt, deren Wagen in
blauer Farbe glänzten.

Die Gesellschafterin begrüßte mich wie gewohnt herrisch. „Herr
Hofler, wenn ich mich nicht irre?" - „In der Tat", antwortete ich.
Meine unterschwellige Revolte war nicht zu überhören.

„Bevor Sie im Kanalbau beginnen, gäbe es noch eine kleine
letzte Aufgabe. Das Objekt, an dem Sie diese Mauer errichtet

hatten, wird noch einmal neu von einer Hoch- und Tiefbau-Firma bearbeitet. Der Eigentümer ist nicht so zufrieden. Er hat sich das Ganze etwas anders vorgestellt. Sie, Herr Hofler, brauchen nur einen halben Tag dazu. Sie werden diese Stützmauer wieder einreißen. Das wird alles neu gemacht. Morgen früh sieben Uhr. Nehmen Sie alle erforderliche Hilfsmittel mit. Noch Fragen?"

„Keine", sagte ich und sah die Hummitzsch ungerührt an. Sie verließ den Raum. Ich war wie vom Donner gerührt.

An diesem Abend saß ich völlig konsterniert in meiner Wohnung. Vor dem Fenster beobachtete ich die Insekten, die sich wie wild dem Licht der Laterne näherten.

Plötzlich klingelte es. Percy und Oliver standen vor der Tür. „Ach, ihr seid's. Kommt rein. Wollt ihr ein Bier?" fragte ich lustlos.

„Nein. Nun lass doch den Kopf nicht hängen. Wir haben's schon erfahren. Mein Alter ist entlassen. Das haut ihn nicht um. Und du machst weiter, klar?" sagte Oliver.

„Ich soll morgen unsere Mauer niederreißen", sagte ich.

„Die du mit seinem Vater hochgezogen hast?" fragte Percy und wies auf den Großen.

„Genau die." Danach schwiegen beide

„Ich muss noch mal laufen, nachher, unbedingt. Am besten zu dieser Mauer. Warum nicht? Konfrontation. Das beste Mittel. Also lassen wir es für heute genug sein, nehmt mir's nicht übel. Ich danke für euern Besuch."

„Was, jetzt noch?" fragte Percy. Oliver mahnte mit Gesten plötzlich zur Eile. „Er wird schon wissen, was richtig ist. Mach's gut, Adrian." Sie verabschiedeten sich von mir und gingen. Ich blieb nachdenklich zurück.

In der Abenddämmerung machte ich mich auf den Weg. Das Objekt war nicht so weit entfernt, als dass ich es nicht bei einem Lauf aufsuchen konnte. Ich fiel in Trab. Es tat mir gut. Die Atmung, der Rhythmus, schon Routine geworden. Häuser mit ihren Fensterhöhlen schoben sich an mir vorüber. Ich achtete auf den Weg mit den niedergedrückten, im Lauf der Jahre zerbrochenen Steinplatten und wich geschickt den Unebenheiten aus. ‚Wenn's im Leben doch auch so einfach wäre', musste ich denken. ‚Zur Seite, den rechten Pfad wieder finden, auf das Ziel zusteuern, die Probleme meiden, das gibt es eben nicht.' -
Schon erkannte ich von weitem die alte Bohlenbrücke. Angekommen, blieb ich auf den Brettern stehen, blickte übers Geländer, sah die träge dahinschäumenden Wasser des Flusses, die sich in der nächsten Biegung zwischen Uferbewuchs verloren. Das herrschaftlich anmutende Haus thronte schweigend. Über dem Eingang das Wappen, der Adler. Unmittelbar dahinter der Hang. Mir war merkwürdig zumute. ‚Was will ich eigentlich?' dachte ich. ‚Was geht in mir vor?' Schleppenden Schrittes trieb es mich über den öden Vorplatz. Mein Atem wurde ruhiger.
Plötzlich verharrte ich. Ein Wagen hatte an der Seite geparkt. Drüben aus einer Nische löste sich eine Gestalt. Sie war groß, bewegte sich ohne Hast. Ich wog rasch eine mögliche Flucht ab. Nun, ich kannte mich hier weiß Gott gut aus und beim Laufen

konnte ich jeden abhängen. Dann sah ich den Körper aus dem Halbdunkel tauchen. Es war Bracke. „Theo", entfuhr es mir mit brüchiger Stimme. Da stand er, in seiner altvertrauten Lederjacke, das Hemd offen bis zur Brust, ernst, mit erneut sorgenvoller Miene, doch im Gesicht auch Vorwurf, Unnachgiebigkeit und Härte. Dann lachte Bracke leise. Er ging hinüber zu der Ecke, die von dem alten Schuppen begrenzt wurde, griff sich zwei liegengebliebene verbeulte Eimer, stellte sie auf ihre Öffnung. „Adrian." Ich hielt ihm die Hand hin, wir begrüßten uns. Ich war verstört. „Setz dich", forderte Bracke.

„Wie kommst du hierher?" Ich fand endlich Worte. Ich konnte es nicht begreifen. Wie der Leibhaftige war Bracke mit einemmal erschienen. Er war da und wieder gleich einem Schatten vor mir, schneller, ein Mann der Tat, ohne Scheu, ein Gespenst.

Ich glaubte mich entrückt in alte Tage. Bracke hatte angewiesen, formiert, beschwichtigt, geregelt, geglättet, und ich hatte ausgeführt.

„Oliver und Percy waren bei mir", sagte Bracke. Er fuhr sich durchs Haar. „Was ist los mit dir, Adrian? Hab ich dir nichts beigebracht?"

Mir war nicht wohl in meiner Haut. Zunächst hatte ich aufbrausen wollen. Die machten sich doch tatsächlich Gedanken!

Und nun hockten wir hier. Die Dunkelheit kroch wie ein langsames Reptil über den Hang. „Theo, vielleicht verstehst du es nicht. Es ist unsere letzte Mauer. Sie haben's dir gewiss erzählt."

„Die beiden sagten, an dieser Mauer hängen dir zu viele

Erinnerungen. Du kannst sie nicht einreißen." - „So ist es."

Bracke erhob sich von dem zerbeulten Eimer. Sein Blick schweifte über den Hang wie damals. Das steinerne Kind, das er verändern wollte. Bracke ging zu seinem Wagen, den er abseits geparkt hatte und entnahm dem Kofferraum einen Vorschlaghammer. Einige Schritte, schon war Bracke wieder bei mir.

„Aber ich kann die Mauer nicht zerstören, die wir an diesem letzten Nachmittag hochgezogen haben", brach es aus mir heraus. „Akkurat, mit Schweiß gebaut. Mitunter kommen mir Zweifel an meinem Beruf. Dieses Zerschlagen, Zertrümmern. Das ist meine Sache nicht."

„Junge", sagte Bracke. „Seit Tausenden von Jahren wird zerstört, was einmal war. Das Beseitigen von alten Strukturen muss nicht unbedingt etwas Negatives sein. Es schafft Platz für Neues, was vielleicht besser wird. Im Übrigen", bemerkte er, „wenn du's nicht tust, macht's ein anderer."

„Diese Weisheit hat mir noch nie gefallen, Theo. Die wirkt allzu bequem."

„Da magst du Recht haben. Nicht alles, was ich sage, muss richtig sein." Bracke stand vor mir, schwer atmend, wie es schien, oder bildete ich mir das nur ein? Er blieb ernst, gelassen, seine Augen hefteten sich auf mich. Wieder schaute er zu dem unheilvollen Hang, näherte sich ihm. Den Vorschlaghammer nahm er mit. In seiner Hand wirkte er wie ein Spielzeug, gewichtslos. Ich folgte ihm. „Schön und gut", sprach Bracke unterdessen weiter, „aber du stehst in Lohn und Brot, vergiss das nicht. Das ist sehr wichtig. Du hast deine Arbeit. Du kannst dich ernähren, den Grundstein für eine Familie legen." Bracke wog abschätzend das Werkzeug. „Die einen arbeiten mit Papieren. Da stürzen ganze Häuser ein. Du führst aus, was beschlossen wurde, mit dem Hammer - und schämst dich vor einer Mauer aus totem Gestein." - „Theo", meinte ich beschwörend, „es war unsere Mauer."

„Adrian, du bist schwer in Ordnung, aber du hast nichts begriffen. Mauern baut man auf, und man reißt sie nieder. Es geht doch um die Existenz. Unsere Firma erwarb sich durch den Abriss ihre Daseinsberechtigung." Und da ich unschlüssig reagierte: „Was interessiert dich eine alte Mauer im Halbdunkel dieses Hanges, die nicht einmal bemerkt wird? Die Mauer ist in deinem Kopf! So wirst du im Leben nicht weit kommen." Bracke blickte wieder zum Hang, dessen Unebenheiten lange Schatten warfen. „Es wird dunkel", sagte er zu mir, „wer führt den ersten Schlag?"

„Gib her, Theo!" Wie in Trance ergriff ich den Hammer, ließ Bracke stehen und ging voran. Schließlich stand ich vor der Wand, vor den Ziegeln, sorgsam aneinandergereiht, zwischen denen der Mörtel starrte. Fast wie neu; noch vor kurzem malochten wir in diesem unseligen Winkel zwischen den Giebeln. Und Bracke hatte damals alles schon geahnt. Er forderte unentwegt Steine.

‚Ich kann's nicht', dachte ich, schleppte den Hammer am Körper mit, schaute zurück. Bracke war nachgekommen und versperrte den Eingang zur Nische. Dort blieb er stehen, wie ein Geist, hart wie eine Säule aus Marmor, an der ich nicht vorbeipasste.

Im Halbdunkel holte ich mit aller Macht der Verzweiflung aus und drosch gegen die Ziegelwand. Es gab keinen Ausweg. Mit einem dumpfen hohlen Getöse brach der obere Teil der Mauer nach innen. Bracke kletterte in die Nische. Wie üblich gab er nicht acht auf Schuhe und Kleidung. „Den Hammer!" verlangte er. Dann schlug er die Reste seiner selbstgebauten Mauer zu Trümmern und äugte in das Gewölbe. „Der Lärm wird hoffentlich nicht alle geweckt haben." Er reichte mir den Hammer. „Den nimmst du mit.."

Am nächsten Tag war ich um halb sieben Uhr auf dem Gelände der Kanalsanierung, meldete mich noch und stieg in den Transporter, der inzwischen hier zu stehen hatte. Vorab hatte ich mir noch anderes nötiges Werkzeug geladen. Den Hammer von Bracke hatte ich behalten und zunächst mit nach Hause geschleppt.

Ich machte mich erneut auf den Weg zu diesem Wappenhaus. Dort angekommen, stieg ich aus und setzte mich auf den mit Wiese bewachsenen Hang. Mir ging alles Mögliche durch den Kopf. Was würde die Zukunft bringen? Alles war ungewiss. Schließlich räumte ich die Ziegel, die ich mit Bracke gestern abend aus der Wand geschlagen hatte, in einen Container, der nun schon Wochen dort stand.

Als ich frühstückte, kam doch tatsächlich das erste Mal ein Mann aus der Tür und wandte sich an mich. „Hallo", sagte er, „Geisenbach mein Name. Sie sind mit dem Abriss der Mauer beschäftigt, sehe ich."

„Hofler", antwortete ich. „So ist es. Sie ist bereits abgetragen. Die Arbeit ist getan. Eine andere Firma ist wohl weiter damit beauftragt."

„Jaa", sagte er gedehnt, „schauen Sie. Ich bin praktisch der neue Eigentümer. Dieses Anwesen", er wies mit einer ausladenden Geste über das Gebäude, „hat einmal meinem Vater gehört. Er wurde damals, in Ihrer DDR-Zeit, enteignet. Wir haben Anspruch angemeldet, und nun sind wir rechtmäßige Besitzer. Meine Frau und ich", setzte er hinzu. - „Aha", sagte ich. - „Ja, so ist das. Wir kommen von drüben, Sie wissen schon." Nein, das wusste ich nicht. Niemand hatte mir etwas davon erzählt. „Leider mussten wir die ehemaligen Mieter herausklagen", sprach Geisenbach weiter. „Das ist nichts Schönes, aber Recht muss Recht bleiben."

„Ja, das ist tatsächlich nicht schön", sagte ich etwas linkisch.

„Und wir sind mit der Gesamtsituation nicht einverstanden. Das ist hier alles ein bisschen verlottert", sagte Geisenbach. „Wir werden wohl den Schuppen", er zeigte nach hinten, „ganz abreißen lassen. Ich bin Steuerberater, und wir sind schon Wochen damit beschäftigt, uns hier wohnlich einzurichten. Ich habe wenig Zeit. Das muss alles unter Dach und Fach. Unsere Kinder werden wir dann auch noch dazu holen..."

„Was ist aus der Familie geworden, die hier mal wohnte?" unterbrach ich seinen Redefluss.

„Also das weiß ich nun wirklich nicht." Ich erhob mich spontan. „Nun gut", sagte ich. „Ich werde mich jetzt einmal auf die Rückfahrt begeben, Sie wissen schon. Ich wünsche Ihnen einen angenehmen Aufenthalt." Geisenbach lächelte etwas angesäuert. - Ich machte mir einen schönen Vormittag und war froh, die Hummitzsch gelinkt zu haben. Doch mein Spaß sollte nicht lange währen. Mittags kehrte ich in das Objekt der Kanalsanierung zurück und parkte vor dem Gebäude. Schon kam die Chefin an. „Na, Herr Hofler, haben Sie es geschafft?"

„Ja."

„Sie können mich ruhig mit meinem Namen ansprechen."

„Ja, Frau Hummitzsch", presste ich heraus. Sie sah mich scharf an. Dann glitt ihr Blick über den Transporter. „Und jetzt fahren Sie mal diese Möhre durch die Wäsche und räumen ihn picobello auf, klar? Das war Ihre letzte Aktion im Rahmen Ihres alten Arbeitsgebietes. Ab jetzt gelten andere Regeln."

Diese Regeln lernte ich ab jetzt kennen. Ich arbeitete nun bei der Kanalsanierung, öffnete mit einem langen Hebel Gullydeckel und rammte mir bei den ersten Malen tüchtig den Sack, bis ich damit umzugehen wusste. Doch meistens stand ich dabei und schaute allen über die Schulter, denen ich zugeteilt war und sah zu, wie sie mit einer Kamera die Kanäle befahren ließen.

Alle hier litten unter einem eisernen Regime. Die Hummitzsch sondierte spätabends noch die Fahrzeuge der Mitarbeiter, und wenn sich irgendwo noch etwas Dreck befand, wurde eine halbstündige Nachsäuberung angeordnet.

Im Pausenraum der hier Beschäftigten war an der Decke ebenfalls eine Kamera angebracht, und wer die Brotzeit überschritt, wurde dementsprechend gemaßregelt. Ich wurde jeden Abend gegen zwanzig Uhr angerufen, und mir wurde mitgeteilt, wann ich mich wo am nächsten Morgen einzufinden hatte. 4:30 Uhr diese Straße, 5:00 Uhr jene Gasse. So ging es Schlag auf Schlag. Meine Nerven lagen blank.

Doch das war noch nicht alles. Der Oberhammer kam an einem Freitagabend, als ich wieder etliche unbezahlte Überstunden geschoben hatte, denn das war hier gang und gäbe.

Die Hummitzsch ließ mich in ihr Büro holen. Warum sie immer bis spät darin herumsaß, war mir schleierhaft. Offenbar hatte sie eine Art Kontrollzwang. Sie wies ständig an, tadelte, forderte, schalt, kommandierte.

Nun stand ich in ihrem Refugium. „Herr Hofler", begann sie und holte tief Atem, ließ ihren riesigen Brustkorb anschwellen, „wir haben Großes mit Ihnen vor. Ab nächsten Monat schicken wir Sie als Mitglied eines Teams nach Baden-Württemberg. Sie werden dort unsere Mitarbeiter bei der Sanierung der dortigen Kanäle unterstützen. Wir haben unser Einsatzgebiet erweitert. Was sagen Sie dazu?"

„Darauf war ich nicht gefasst", sagte ich.

„Wie dem auch sei. Das Leben ist hart, und wir müssen sehen, wo wir bleiben. Schönes Wochenende dann", schloss sie.

Dieses Wochenende war nicht schön. Ich stellte mir vor, wie sie mich mit den anderen an den Sonntagnachmittagen ins Auto stopften, wie wir rüberfuhren und irgendwo die Woche über in einer Baracke hausen würden, bis wir dann freitags wieder zurück könnten. Viele Monate lang, vielleicht ewig. Ich musste mir etwas einfallen lassen und kam auf eine aberwitzige Idee.

Es war wie ein Sprung in ein Becken ohne Wasser. Ich kam voll mit dem rechten Fußballen auf. Jäher Schmerz durchzuckte mich. Ich sackte ein und blieb liegen. Ich versuchte mich nach einer Weile zu erheben, doch ich konnte nicht mehr auftreten. Im Prinzip hatte ich nicht genug nachgedacht, doch ein Mieter des Hauses, der mich nach zehn Minuten zufällig hilflos sitzend erblickte, eilte herzu, stürzte dann in seine Wohnung und telefonierte. Ein Krankenwagen würde kommen.

An der Stirnseite des Hauses, in dem ich wohnte, thronte eine alte Eiche. Ich hatte sie leicht erklettern können. Schon unten am Stamm ragte ein Fortsatz hervor, und ich war bis auf eine Höhe von ungefähr drei Meter gestiegen. Ich hatte noch kurz überlegt, aber dann diesen Entschluss gefasst, der einiges änderte...

Es war der Dienstag nach der Unterredung mit der Hummitzsch. Ich hatte sie montags um einen Tag Urlaub gebeten, um Behördliches zu regeln, und sie hatte widerstrebend bewilligt. Jetzt war es 8:00 Uhr morgens. Ich sollte an die Front und hatte meinen Heimatschuss.

Mein rechter Fuß war ungeheuer angeschwollen. Dann kam der Krankenwagen. Dem Arzt erzählte ich ein Märchen von einem Plastiksack, der sich in den Ästen der Eiche verfangen hätte. Dabei sei ich abgerutscht. Der Hergang interessierte ihn im Grunde nicht.

Beim D-Arzt wurde ich abgesetzt. Er röntgte und diagnostizierte Fersenbeinbruch, wog dann den Kopf und sagte, dass das natürlich operiert werden muss. Schließlich überwies er mich ins örtliche Krankenhaus. Von dort aus rief ich die Hummitzsch an. Sie war begeistert von meinem Ausfall. - Im Laufe des nächsten Vormittags wurde bei der allmorgendlichen Visite mein Fuß begutachtet. Ein Dr. Mikutas, ein lettischer Arzt, blond und sympathisch, führte sie durch und sagte: „Das währt noch lange." Blutdruck wurde gemessen, Puls, Thrombosespritze inklusive. Und alles schien hier einem Verbot zu unterliegen. Ich sollte nicht aufstehen, schon gar nicht vors Haus gehen, maximal aufs Klo, mit meinen Gehstützen, die ich sofort erhalten hatte. Ergo würde es mit dem Rauchen schwierig, nahezu unmöglich. Ich musste mir Gedanken machen. Im Übrigen hatte ich weiter nichts dabei. Ich rief Oliver an.

Er kam mich schließlich besuchen und hörte sich die ganze Geschichte an. „Ja, schöner Mist", sagte er. „Aber gut, du bist vorerst aus dem Rennen. Und meinem Alten geht es bestens, der hat voll zu tun." Ich gab Oliver meinen Wohnungsschlüssel. Er brachte mir am anderen Tag Wechselklamotten, Zigaretten für den Fall, Bücher und zwei Bier, um die ich ihn dringend gebeten hatte.

Im Bett neben meinem lag noch ein Patient, Jürgen. Er hatte eine Wunde am Fuß, die entzündet war und nicht zuheilen wollte. Ab und an ging er mit einer Kippe runter vor das Gebäude. Immer dann hüpfte ich auf dem linken Bein, mich an den Bettgestellen festhaltend, neidisch zum Fenster und rauchte da hinaus, hektisch und voller Angst, dass mich eine Schwester erwischen würde. Am Abend tranken Jürgen und ich die Biere. Es war ein bisschen wie zu Hause. - Ich las viel. Draußen vor dem Fenster auf der Wiese stand eine riesige Kastanie. Ihre Blätter wurden schon langsam braun; der Herbst kündigte sich an. - Am nächsten Tag kam Theo Bracke. Stirnrunzelnd fragte er mich, wie es nun weitergehen sollte. Das wusste ich noch nicht. Erst müsste ich gesund werden.

Mein Fuß schwoll langsam ab. Nach drei Tagen kam wieder Dr. Mikutas. Bei der OP würde man einen Schnitt machen und den kaputten Knochen mit zwei Metallplatten fixieren, teilte er mit.

Jürgen wurde im Laufe des Vormittags entlassen. Als er weg war, wechselte ich gleich ans Fenster. Abends rauchte ich wieder am Fenster und drückte die Kippen in einem klappbaren kleinen Aschenbecher aus. Eine Schwester schien mir nun doch auf die Schliche zu kommen, denn sie hatte offenbar einen feinen Geruchssinn. Sie hatte mich im Verdacht und wir diskutierten. Es gelang mir nicht, sie vom Gegenteil zu überzeugen, Dann begann sie, zu allen möglichen Zeiten zu kontrollieren. Ich nannte sie von da an wie im „Kuckucksnest" Schwester Ratched.

Nach fünf Tagen beehrte mich die Anästhesistin, eine zierliche Tschechin. Sie erläuterte mit Akzent das Procedere der OP.

Schließlich war es soweit. Vorab Spritze in den Rücken; sie legte meinen Unterkörper lahm. Ich wurde leicht wie eine Flaumfeder und verlor das Bewusstsein.

Beim Aufwachen war alles vorbei. Ein herrliches Gefühl. Man transportierte mich wieder auf Station. Ich lechzte nach Kaffee.

Am Vormittag wurde ein Mann aufs Zimmer geschoben, Mitte Vierzig, Jens-Peter. Er stammte aus Thüringen, Motorradunfall in Most auf der Rennstrecke, Oberschenkelbruch. Das wurde nicht großartig behandelt, das musste von allein zusammenwachsen. - Ich rauchte endlich wieder am Fenster, und Schwester Ratched hatte ohne Beweise trotzdem einen Rochus auf mich. Sie konnte mich nicht leiden. Der Rennfahrer hielt kameradschaftlich dicht.

Nachmittags begann plötzlich irgendwo im Gelände ein Blasorchester zu spielen. Vielleicht führten sie hier auch gleich noch Beerdigungen durch. Ich musste an den Fall eines Soldaten denken, wovon ich gelesen hatte, der im Krieg mit Ruhr im Lazarett laborierte. Im benachbarten Block übte eine Kapelle ein Stück ein, wochenlang. Viele Jahre nach dem Krieg hörte er einmal dieses Lied und bekam sofort Durchfall.

Die Musik da unten entfernte sich und schien sich dann wieder zu nähern. Sie spielten „Ännchen von Tharau", danach „Die Gedanken sind frei" und dann „Dich, mein stilles Tal".

In der Nacht träumte ich, ich läge in einem Lazarett mit vielen Betten. Ein alter beinamputierter Mann stelzte auf Krücken an mir vorbei, blieb stehen und sah mich vorwurfsvoll an. Die Umliegenden erhoben sich plötzlich aus ihren Kissen und starrten mich an. Alle hatten blutige Verbände am Kopf. Die Tür öffnete sich und ein Arzt mit Nickelbrille erschien, gefolgt von Schwester Ratched, die drohend die Augen auf mich richtete. Der Arzt hob eine Spritze hoch und sagte: „Tut mir leid, Herr Hofler, aber wir dürfen keine Ausnahmen machen." Er näherte sich mir, und ich wachte auf.

Die Schwellung meines Fußes ging zurück, und damit rückte die Entlassung heran. Auch der Motorradfahrer verließ mich nun.

Ein Rentner aus dem Raum gegenüber holte täglich unentwegt Kaffee für seine ebenfalls älteren Zimmergenossen. Ich lungerte oft mit meinen Gehstützen hilflos im Türrahmen und wartete auf die emsige Servicekraft, denn das Gebräu belebte die Verfassung. Am gleichen Nachmittag kam erneut der graue Panther, der aussah wie Friedrich von Thun, diesmal mit einem vollen Plastikbeutel, aus der Cafeteria gelatscht, zu der ich nie vordringen konnte. Ich fragte mich, an was für einer Krankheit er litt, wenn er nur schleppte, durch die Gänge wandelte und gleich seine ganze Bude verpflegte.

Am nächsten Tag brachte man den nächsten verunglückten Biker, und ich fragte mich, ob auf den Straßen ein Krieg angezettelt worden war. Bei ihm schien eine Schlüsselbein-OP vonnöten. Nachts röchelte er ungefähr alle vierzig Sekunden beim Schnarchen. Er lebte allein, wie ich von ihm erfuhr, und deshalb konnte ihm wohl niemand sagen, dass er diese Apnoeanfälle hat. Ich meldete es der Schwester.

In der Nacht schob ein Pfleger einen weiteren Fall ins Zimmer. Ellbogen-Splitterung beim Karatetraining.

Und am nächsten Morgen erschien Doktor Mikutas mit einer für mich freudigen Nachricht: Entlassung.

Es ging dann auch plötzlich alles sehr schnell. Nach dem letzten Frühstück, das ich sehr genoss – ich hatte mich an die frischen Brötchen und den schmackhaften Honig gewöhnt – bekam ich einen speziell angefertigten Schuh. Ich leerte noch die kleine

Flasche Sekt, die seit Beginn meiner Gefangenschaft hier im Schränkchen wartete, die mir Oliver mitgebracht hatte. Ich verabschiedete mich von meinen Zimmerkameraden. Ja, jetzt war ich mal dran.

Mein Nachbar hatte die Post für mich aufgehoben und sie mir gleich ausgehändigt. In dem kleinen Stapel fand ich einen Brief von der Hummitzsch mit der Kündigung wegen wirtschaftlichen Zwängen, Ich war frei, aber ab jetzt auch arbeitslos.

Ich musste täglich zur Reha, und mein Fuß würde nach spätestens zwei, drei Monaten wieder vollständig intakt sein. Ein Taxi holte mich fast täglich ab, und nach der Behandlung wurde ich nach Hause gefahren. Ich hatte immer meine Gehstützen dabei und kaufte nachmittags mit einem Rucksack die nötigen Dinge ein, die ich brauchte. Außerdem kam ich dabei wieder unter Menschen.

Doch die Zeit verrann langsam und tropfend. Die Woche über herrschte emsige Betriebsamkeit auf den Straßen und in den Märkten. Aber sonntags legte sich eine lähmende Stille über die Umgebung. Ich beobachtete abends die erleuchteten Fenster gegenüber und dachte an die Dramen, die sich hinter ihren Scheiben abspielen mochten. Der Herbst hatte längst seinen Einzug gehalten, und die Blätter taumelten gleich ersterbenden Faltern zur Erde. Es regnete oft, und diese triefende Nässe wirkte wie ein Verbluten der Natur. Der Fernseher lief ständig, ich las endlich Thomas Manns *„Zauberberg"* und fühlte mich während der tausend Seiten wie *Hans Castorp* in seinem

Sanatorium. - Meine Reha machte Fortschritte, und ich konnte mich bald des lästigen Stützschuhs entledigen. Bald trat ich wieder leicht auf, und nach Wochen, die mir endlos vorkamen, war ich sozusagen geheilt. Ich hätte das nicht geglaubt.

Nach meiner Gesundschreibung meldete ich mich beim Arbeitsamt. Dort entsann man sich meiner beruflichen Wurzeln, und ich wurde für eine Weiterbildung angemeldet. Ziel war die Tätigkeit an numerisch gesteuerten Maschinen, die längst in vielen Firmen liefen. Unterricht in Theorie und Praxis. Programmierung und Mathematik.

Ich war wieder in einer Klasse. Wir saßen wie in der Schule zwischen Bänken, Erwachsene, Leute, die Familie hatten, und alberten in der Pause herum, machten uns über die Lehrer lustig.

Den nächsten Jahreswechsel nannte man das *Millennium.* Ein neues Jahrtausend brach an. Ein nie gekannter Hype brandete durch das Land. Ich erinnerte mich an die Weihnachtszeit von früher, als das alles noch bescheiden vor sich ging, als in den Kellern Folien knisterten, weil man den Kindern etwas Besonderes schenken wollte. Im Treppenhaus wurde getuschelt. Jetzt knallten die Korken, und die Wiese vor unserem Haus wurde vollgekotzt. Noch lange hörte ich das Gegröle der Besoffenen und stierte meinen künstlichen Fichtenbaum an. Die Zeiten hatten sich wirklich geändert.

Nach dem erfolgreichen Abschluss meiner Ausbildung hatte das Arbeitsamt momentan keine Stelle frei. Ich schrieb zehn Bewerbungen und beschloss kurzerhand, an die Stätte meines Urlaubs aus Kindertagen zu fahren. Im Frühjahr hatte ich mir einen zehn Jahre alten Honda gekauft. - Nach hundertfünfzig Kilometern traten an die Stelle von Eichen und Linden die Kiefern. Als ich ankam, parkte ich den Wagen und ging den Rest zu Fuß. Ich erkannte die Gegend wieder. Voller Erwartung trat ich näher an die Stelle von damals, doch den Zeltplatz gab es nicht mehr. Die Vergangenheit schien pulverisiert, Das Wetter war schön; die Sonne schien wie früher. Ich ging zum Strand, zog mir die Klamotten vom Leib und stürzte mich in die Fluten des Sees.

Ich lief am Nachmittag ziellos durch die anderen Zeltplätze. Viele waren auch mit ihren Wohnwagen gekommen; in Badeanzügen hantierten sie mit Klappstühlen und bereiteten für die Familie den Kaffee zu. Neugierige Blicke trafen mich. Am Abend trieb es mich nach einem Essen in einer der örtlichen Lokale noch einmal zum See. Mich schmerzte plötzlich die Berührung, die Nähe dieses Ortes. Die Kiefern standen im leichten Wind, und ihre Wipfel rauschten leise. Sie schienen meine Gedanken zu erraten. Sie hatten mich vor vielen Jahren gesehen und peitschten meine Seele. Die alten vertrauten Pfade wiesen mir jetzt einen Weg ins Nichts. Drüben am jenseitigen Ufer versank meine Sonne von damals. Ich stürzte davon, stieg in den Wagen und kehrte zurück.

In der Post fand ich innerhalb zweier Wochen neun Absagen und eine Einladung zu einem Vorstellungsgespräch. Die Firma befand sich am Rande der Stadt.

Mit einem flauen Gefühl in der Magengegend machte ich mich am vorgeschriebenen Samstagvormittag auf den Weg. Ich war nach einem Anruf meinerseits von einer Frau am Hörer über die Lage der Fabrik unterrichtet worden.

In der Straße befanden sich mehrere marode unbewohnte Gebäude. Zur Linken erstreckte sich ein kleiner Park, der durch baufällige Mauern, die ihn begrenzten, sein pittoreskes Aussehen nicht zur Geltung bringen konnte. Die Umgebung erschien mir staubig und verödet. Ich bog in die mir beschriebene Einfahrt und schritt auf einem langen holprigen Gelände auf einen barackenähnlichen Flachbau zu. Beiderseits erhoben sich graue riesige Bauten. Aus leeren Fensterhöhlen flatterten Tauben. Das Ganze wurde überragt von einem hohen Schornstein, der sich an die Fabrik lehnte wie ein Wahrzeichen, wie ein warnender Finger. Das Schweigen ringsum wirkte einschüchternd.

Ich sah vor meinen Füßen einen überwucherten Schienenstrang, der in rückwärtiger Richtung nach vielleicht zweihundert Metern durch ein bogenförmiges Tor führte. Offensichtlich hatte man hier vormals Maschinen oder Apparaturen zu einem Bahnhof geleitet, der nicht mehr existierte. Der Anblick des Tores und die Gleise erinnerten mich an ein Bild aus einem Geschichtsbuch. Die Verladerampe... Eine frappierende Ähnlichkeit.

Ich drückte die Klinke der Barackentür und sah mich vor einem langen Flur, von dem links und rechts weitere Türen in Büroräume führten. Eine Tür, ungefähr zwanzig Meter von mir entfernt, öffnete sich, und eine Frau, offenbar eine Sekretärin, trat auf den Gang und winkte mir. Sie hatte mich wohl durch ein Fenster gesehen. Im Büro sah ich mich einem jungen Mann gegenüber, der mir die Hand reichte, Er hatte eine leicht gekrümmte Haltung. „Frohbach, Projektleiter. Nehmen Sie Platz." Frohbach war lässig gekleidet und trug Sportschuhe, die ich unter dem Schreibtisch wahrnahm. Er maß mindestens eins neunzig. Das kurze Haar und die lebendigen Augen verliehen ihm etwas Bubenhaftes. Frohbach blätterte in meinen Bewerbungsunterlagen, überflog die Seiten und nickte gelegentlich. „Sie trauen sich das zu, an einer neuen numerisch gesteuerten Maschine zu arbeiten, Herr Hofler?" fragte er.

„Ja."

„Ausgebildet sind Sie, wie ich den Papieren entnehme." Frohbach schrieb eine Zahl auf einen Zettel und schob ihn zu mir. „Wären Sie mit dieser Entlohnung zufrieden?"

Die Sekretärin sah herüber. Ich blickte abwechselnd auf den Zettel und zur Sekretärin, die sich schließlich wieder ihren Aufgaben zuwandte. „Ich bin einverstanden", sagte ich. Das Angebot war bescheiden, doch ich sagte zu.

„Dann sind Sie eingestellt, und ich erinnere Sie daran, dass auch ein mündlicher Arbeitsvertrag bindend ist", sagte Frohbach. „Das Schriftliche klären wir später. Sie melden sich am nächsten Ersten wieder hier, mit einem Spindschloss und allem, was so dazugehört." Er lehnte sich zurück. „Freuen Sie sich nicht?"

„Doch", sagte ich. „Ich freue mich. Ich habe lange darauf gewartet.

„Jaa", sagte Frohbach gedehnt. „Jeder wartet immer auf irgend etwas. Auf den Zug, auf einen Brief, auf das Wochenende, auf den Frühling. Das ganze Leben ist ein Wartesaal." Ich hörte unsicher zu.

„Dann machen wir das so." Frohbach erhob sich und zog seine Hosen straff.

Am Ersten des Folgemonats meldete ich mich erneut im Büro und erhielt Arbeitskleidung. Auf Frohbachs Geheiß wurde ich von einem älteren ergrauten Vorarbeiter herumgeführt, welcher Lauck hieß und mich von oben bis unten betrachtete. Ich fragte mich, was denn so eigentümlich daran war, wenn eine Fabrik einen Neuen erhielt.

Zunächst gingen wir durch weitläufige verschmutzte Hallen unter Neonlicht. Überall herrschte schon emsige Betriebsamkeit. Kreischender Lärm umgab uns. Grelle Funken stoben. Arbeiter mit Mundschutz und Brille bearbeiteten fortwährend Werkstücke an Schleifscheiben und schauten unterdessen aufmerksam zu uns herüber, wenn es eine kurze Gelegenheit zuließ. Das Maskenhafte ihres vermummten Aussehens erinnerte an übergroße Insekten. Ein leiser Vorwurf gegenüber mir schien in allen ihren Handlungen zu liegen.

Schließlich kamen wir in den Umkleideraum, wo mir Lauck einen Spind zuwies. Hier war alles still. In den benachbarten Duschräumen hörte ich Wasserhähne tropfen. Nach dem

Hinweis, mich dann gleich bei Frohbach zu melden, verließ mich Lauck. Ich räumte meinen Spind ein, verpackte Waschutensilien, zog mich um. Harndrang überkam mich, und ich suchte bei dieser Gelegenheit nach den Toiletten. Als ich auf dem Lokus war, kamen Schritte näher. Ein völlig verschmutzter Arbeiter betrat den Raum, stellte sich neben mich und urinierte ebenfalls. Aus dem schwarzen Gesicht schauten mich helle Augen an. „Bist wohl neu hier, was? Hab dich noch nie gesehen."

„Ja."

„Wo fängst du an?"

„Ich soll an der neuen Maschine arbeiten."

Der Schmutzige überlegte und schüttelte den Kopf. „Hältst dich wohl für was Besseres?"

„Nein", sagte ich.

„Du wirst dich noch wundern", entgegnete er.

„Worüber?"

„Über alles. Wie es hier so läuft."

„Du bist doch auch hier."

„Ich hatte keine andere Wahl", erklärte der Schmutzige. „Jetzt bin ich da und komme nicht mehr weg."

„Ich hatte auch irgendwie keine andere Wahl. Ist denn das so schlimm?"

„Wärst du mal lieber noch was Besseres geworden."

„Was denn?"

„Meister oder so."

„Es kann doch nicht jeder Meister sein. Jemand muss auch die Arbeit tun. Wenn jeder Meister wäre, gäbe es keine Arbeiter.

Wozu bräuchte man dann Meister?" - Plötzlich kam der Schmutzige ganz nahe an mich heran. „Was redest du da? Es wird aber nicht jeder Meister." Hinten klappte eine Tür. Als ich aus der Toilette trat, erschien Frohbach im Rahmen. „Wo bleiben Sie denn? Ich hab schon im Büro gewartet." Der Schmutzige verschwand.

„Ich hab meinen Spind eingeräumt. Es kann jetzt losgehen."

„Na dann. Es gibt allerhand zu tun." Ich folgte Frohbach wieder durch die Hallen. Wir entfernten uns von dem Lärm und betraten eine dunkle Halle. Doch Frohbach betätigte einen Lichtschalter und lächelte mich plötzlich an. „Hier kommt sie rein." Die Halle barg Gerümpel jeder Art; alte Motoren standen herum, Bretter lagen zu Haufen aufgeschichtet, Kisten, Kartons und andere Metallgegenstände waren bis in alle Ecken verteilt. „Die Maschine?" fragte ich. „Aber ja, die Maschine", sagte Frohbach.„Noch ist sie nicht da", bemerkte ich. Frohbach fasste mich bei den Schultern. „Nein, sie kommt erst noch. Es wird nicht mehr lange dauern. Sie werden von der ersten Minute an dabei sein. Natürlich müssen Sie dazu diese Halle ausräumen." Frohbach wies auf den Unrat.

Nach einer Woche zogen Maurer in einer Ecke der besenreinen Halle Wände hoch. Es entstand ein kleines Büro mit Telefonanschluss und Computer. Synchron dazu kam die riesige Maschine und wurde unverzüglich aufgebaut. Hinter ihr errichtete ich ein großes Regal für Werkzeuge, die einmal vonnöten sein würden. Dann erschien Frohbach mit Kroll, einem neuen Mitarbeiter. Er war ein kleiner fülliger ruhiger, schwer atmender

Mensch mit unsteten Augen, der mir gleich zur Hand ging beim Aufbau des Hochregals. Kroll sollte als zweiter Mann an der Maschine arbeiten.

Kurz darauf kam ein Messgerät für Werkzeuge in einen zusätzlich dafür vorgesehenen erbauten kleinen Raum, der gleichzeitig als Pausenquartier dienen sollte. Ich wuchtete es mit Kroll, Frohbach und Lauck in das ummauerte Geviert. Das Gerät hatte sein Gewicht, und Frohbach sank nach dem Schleppen auf einen der Schemel, die man bereits in diesen Raum gestellt hatte. Auch wir ließen uns nieder. Frohbach sah sich um. „Dann kann's bald los geh'n", sagte er. „Dann machen wir Nägel mit Köpfen." Lauck wirkte skeptisch und Kroll sah gleichgültig und schweratmend zu.

Einen Tag darauf schaltete Frohbach die Maschine ein, fingerte auf der Tastatur herum. Eine Box mit Werkstücken wurde herangefahren. Kroll stand daneben, trat von einem Bein aufs andere, und ich sah Frohbach über die Schulter. „Das wird in Serie gehen", meinte Frohbach hektisch und legte Teile in die Ladevorrichtung ein. „Wir müssen testen, aber das muss schnell über die Bühne. Der Kunde wartet nicht ewig."

Die Testphase dauerte dennoch länger als erwartet. Kroll schob mit mir Überstunden, wir arbeiteten schließlich in Schichten. Frohbach wirkte oft barsch, unwirsch, schien übernächtigt, als würde er sich mit dem Beruflichen auch nach Feierabend zu Hause herumschlagen. Er schleppte morgens veränderte, wohl verbesserte Vorrichtungen an, die unverzüglich eingebaut wurden. Die Serienteile liefen, pausenlos überwacht, zurückgewiesen, mit neuem Programm laufend.

Oft erschien auch der Werkleiter, Kessler, ein nervöser kurzhaariger angespannter Mann um die Vierzig, im grauen Kittel, mit ständig sorgenvoller Miene, sachlich das Erreichte erfragend und doch schnell reizbar. Frohbach, anfangs makellos gepflegt, tauchte nun mitunter unrasiert auf, wies uns zurecht, saß dann im Büro mit gefurchter Stirn, bis er eines Abends das Handtuch warf. Er gab auf.

Am nächsten Tag war er plötzlich so, dass er seinem Namen Ehre machte, aufgeräumt, gelassen, sprach Kroll und mir von besseren Zeiten. Es würde ein anderer kommen, der das Begonnene weiterführe. Denn jeder sei schließlich ersetzbar. Er hätte neue andere Pläne.

Dann erschien Breuer, als Nachfolger von Frohbach. Breuer trat in die Halle; er war schon älter, bärtig, gab sich trotz seiner Bejahrtheit eigentümlich jovial, wohl ein geschickter Schachzug, machte sich für soziale Belange stark. Doch er hatte von der neuen Technik keine Ahnung.

Zwei neue Leute wurden eingestellt. Kroll und ich erhielten Mitarbeiter, die uns unterstützten. Die Maschine spuckte unaufhörlich Teile aus. Das Geräusch der Pressluftpistolen toste stetig durch die Halle. Ich lernte Kowalk an, einen bebrillten ruhigen Typen, aus einer anderen Abteilung hinzugekommen, und Kroll unterwies Prager, einen ehemaligen umgeschulten Buchhalter, der tatsächlich sehr sorgfältig zu Werke ging. Sie bildeten ein seltsames Paar, Kroll beleibt und Prager schmal...

Unterdessen zogen Maurer in der Halle noch einen Raum hoch, in dessen vier Wänden die Werkstücke mit einer Messmaschine überwacht werden sollten.

Bewerbungen häuften sich im Büro. Man wählte unter allen zunächst einen gewissen Manegold aus, einen untersetzten Mann Mitte Vierzig. Am Tag des Vorstellungsgesprächs stand Manegold vor der riesigen Maschine und beobachtete vor der Unterredung das Hin und Her der Ladestation, das endlose Kreisen der Bearbeitungsportale. Er schien beeindruckt und löste seine Augen erst nach einer halben Stunde, als Breuer erschien.

Manegold sagte zu und wurde nun wiederum mir zugeteilt. Er war willig, interessiert und fleißig.

Kowalk berief man in den neuen Vermessungsraum ab. Zeitgleich begann dort Kaminski, ein netter geradliniger Typ.

Schließlich sollte in drei Schichten gearbeitet werden. Wieder wurde unterteilt. Der schmale Prager blieb bei dem schweratmenden Kroll, der kleine Manegold, der jetzt firm war, lernte Ubrecht an, einen kräftigen zupackenden Mann, und ich Laubach, einen hochgewachsenen Typen, der schon viel Erfahrung mitbrachte und schon von Beginn an Vorschläge einbrachte. Wir waren jetzt sechs.

Doch auch das schien noch nicht die Vorstellungen der Führung zu befriedigen. Die rollende Woche wurde angestrebt. Das bedeutete, vier Besatzungen, von denen jeweils eine zwei Tage Ruhe hatte und die anderen drei malochen sollten.

Wieder wurden Neue rekrutiert, bei denen man bei der Auswahl schon mehr oder weniger willkürlich verfuhr.

Der Begriff Teams hielt Einzug in den Sprachgebrauch. Auf einem vorgefertigten Schriftstück wurden die Beteiligten vermerkt. Von nun an rotierte die Maschine pausenlos, ohne Rücksicht auf Verluste, ohne Wartung, Fahren auf Verschleiß.

Kessler, der Werkleiter, kam auf die Idee, eine Art Leistungslohn einzuführen. Die Teams sollten sich beweisen. Der prozentuale Vergleich untereinander würde zutage bringen, wer am besten sei. Den Teams zollte man zehn Minuten zusätzlich für die Verwendung der persönlichen Notdurft. Die Toilette war zu weit entfernt. Um dies zu unterlaufen, gingen wir in den rückwärtigen Hinterhof, um unser Wasser abzuschlagen. Die Norm lag hoch.

Der Leistungsdruck erzeugte die Vernachlässigung des Werkzeugwechsels. Wir konkurrierten. Das Hemd war näher als der Rock; man dachte an sich selbst und an den Verlust des Arbeitsplatzes. Der war vielen wichtig für die Existenz und für die Familie von einigen. Die Angst war mehr noch ein treibender Faktor als die Motivation. Die Motivation bedurfte der Hinwendung; die Angst zu schüren, dazu war kaum ein Wort vonnöten, dazu reichten Blicke.

Auch kam es vor, dass ich als der Erfahrenste an der Maschine spätabends zu Hause angerufen wurde, wenn ein anderes Team vor einem Problem stand. Manchmal gelang es mir, die Sache am Telefon zu klären, da ich die Tastatur vor meinem geistigen Auge sah.

Doch einige Zeit danach kam eine unerwartete Wende, was auf das fehlende Fachwissen Breuers zurückzuführen war. Es gab Krach mit dem reizbaren Werkleiter Kessler und dem Chef der

Qualität, Hallmann, einem cholerischen hochgewachsenen bebrillten Typen, der merkwürdigerweise eher selten in der Abteilung erschien. Aus dem Meisterbüro erschallte ein unheimliches tierisches Brüllen, und ich war mir nicht mehr darüber klar, wo ich mich befand.

In der Folge wurde Breuer seines Amtes enthoben und entlassen. Und praktisch aus dem Nichts übernahm Kaminski aus dem Messraum auf Drängen der Firmenleitung die Stelle als Meister, zu diesem Zeitpunkt noch designiert, doch begann er bereits mit einem Meisterlehrgang. Anfang Dreißig, groß, mit kurzem dunklen, schon schütteren Haar, lebhaften Augen, überraschte Kaminski durch fundiertes Wissen auf dem Gebiet der Zerspanung. Zu seinen Charaktereigenschaften zählten endlose Geduld, Zähigkeit, immerwährende Hilfe bei Problemen; wir konnten ihn jederzeit anrufen. Er strahlte Optimismus und Sicherheit aus; wir bemerkten sein Fehlen, wenn er am Feierabend sein Büro verließ und verschwand.

Aber jeder Vorteil hat einen Nachteil. Kaminski optimierte die Maschine derart, dass die Takte beschleunigt wurden, was ihm seitens der Obrigkeit hohes Lob einbrachte. Es gelang ihm sogar, die rollende Woche abzuschaffen, da die Stückzahl so hoch stieg, dass man auf ein Arbeiten am Wochenende verzichten konnte.

Aus diesem Grunde eliminierte man das schwächste Team. Der schweratmende Kroll wurde entlassen. Die Probezeit war vorüber, und der dünne Prager wurde in eine andere Abteilung versetzt.

In der Woche herrschte nun erhöhter Leistungsdruck. Wieder ging man in den Hof zum Abschlagen des Wassers, und ich brachte es eines Tages fertig, acht Stunden ohne Essen auszukommen. Auf der Tastatur der Maschine gab es eine Seite, welche die bereits gefertigten Werkstücke anzeigte. Diese Seite war permanent aufgeschlagen. Man konnte anhand der Stückzahl erahnen, wie spät es war. Aber auch diese war daneben eingeblendet und der fortwährende Blick zur Uhr und zur Stückzahl machte das Arbeiten zur achtstündigen eintönigen, jedoch auch zur Panik neigenden täglichen Tortur, um die vorgeschriebene Norm einzuhalten. Pausen kürzte man sich selbst; manches Mal wurden sie gänzlich einvernehmlich mit dem zweiten Mann gestrichen. Der Harndrang wurde oft zurückgehalten und die Abstände, etwas zu trinken, zog man in die Länge. Aller fünfundvierzig Sekunden entnahm man der Vorrichtung das Werkstück, blies es sauber, übergab es dem zweiten Mann zum Entgraten und suchte ein neues Teil zum Einlegen.

Oft stellte sich die Frage: Pissen oder etwas essen. Der Stress erzeugte bei mir mitunter Kopfschmerz; beim automatischen sich öffnenden Portal des Bedieners stob ein verbrauchter warmer Hauch des ständig fließenden Konzentrats ins Gesicht und wurde daraufhin zwangsläufig eingeatmet. Es existierte keine wirksame Absaugung. Und Masken hätte man nicht stundenlang aufsetzen können.

Auch sank mein Blutdruck durch die unterlassene Zuführung von Flüssigkeit, und eines Abends stellte ich fest, dass mich ein seltsamer schmerzhafter Druck im Oberbauch befiel. Ich schob es auf alle möglichen Umstände, das zurückgedrängte, oft hastige Essen, die drei Schichten, den Staub... Ich hielt es noch ein paar Wochen aus, bevor ich zu einem Arzt ging.

Dieser diagnostizierte nach einer Magenspiegelung eine innere Infektion, offenbar eine bakterielle Erkrankung, ein Geschwür im Zwölffingerdarm. Damit war klar, dass alles auf das völlig verbrauchte, bisher nie ausgetauschte, umgekippte stinkende Kühlmittel zurückzuführen war, das man jeden Tag unfreiwillig inhalierte.

Daraufhin schloss ich eine Berufsunfähigkeits-Versicherung ab, die logischerweise Zwölffingerdarm-Erkrankungen ausschloss, denn auch die Versicherungen müssen sehen, wo sie bleiben. Ich wurde eine Woche krankgeschrieben.

Dann ging ich meiner Tätigkeit weiterhin nach, denn wenn es ruchbar geworden wäre, dass ich einen Infekt gehabt hatte, der durch die Umstände auf der Arbeit hervorgerufen wurde, hätte ich womöglich meinen Job verloren. Zum Glück beschränkte der Arzt die Therapie auf Tabletten und mein Zustand besserte sich. Ich erzählte keinem Mitarbeiter davon; man wusste nie; es wurde viel erzählt, und jede Mitteilung machte unverzüglich die Runde. Ich hatte im Grunde den Eindruck, in einem Waschweiberbetrieb zu arbeiten und nicht unter Männern, die normalerweise das Maul halten. Doch die Angst um den Arbeitsplatz erzeugte auch die Unrühmlichkeiten, andere in schlechtem Lichte erscheinen zu lassen, die eigenen Vorteile hervorzuheben, sich unersetzlich zu geben und Blößen der anderen sofort offen zu legen, auch,

91

um sich wichtig zu machen. - Um auf die innerbetriebliche Hygiene einzugehen, war es der Gesundheit nicht eben förderlich, die versauten Toiletten und Duschräume irgendwann einmal zu besuchen; ja, besuchen konnte man sie vielleicht. Wenn hochrangige Gäste zur Besichtigung der Werkhalle eintrafen, zeigte man natürlich die Sonnenseite, das Bearbeitungszentrum. Da standen sie dann mit ihren weißen Helmen und kamen aus dem Staunen nicht heraus.

Ich war in die Scheiße geraten, und daraus konnte man nicht so einfach wieder herauskommen. Eine sofortige Kündigung – denn mit diesem Gedanken spielte ich schon lange, wie die anderen auch – hätte eine dreimonatige Sperre des Arbeitslosengeldes zur Folge gehabt. Und den Damen und Herren in den Ämtern, die ihren Morgenkaffee in aller Ruhe einnehmen konnten, war es einerlei, unter welchen Umständen ein Arbeiter seinen Job aufkündigte. Die Sperre war Vorschrift; da gab es kein Erbarmen. Das wusste man vom Gemeinen bis zum Oberen, und deshalb nahm alles seinen unverminderten Fortgang.

Mittlerweile waren zwei Jahre vergangen. Ich beantragte eine Lohnerhöhung, die abgelehnt wurde.

Die Firmenleitung beschloss, die mechanische Abteilung zu erweitern, denn Stillstand ist Rückschritt und ‚die Firma' war bekannt für ihre zügellose Expansion. Eines Tages rissen Maurer eine Zwischenwand nieder, welche die Abmessungen der Halle auf mehr als das Doppelte erweiterte. Innerhalb von ein paar Monaten wurden drei große gebrauchte Maschinen angeliefert, nivelliert und in Betrieb genommen. Gleichzeitig kam eine Flut von Mitarbeitern, die sie bedienen sollten, zudem drei Verantwortliche als Schichtleiter.

Doch weil die Führung auch hier die rollende Woche anvisierte, brauchte man einen vierten Mann und die Wahl fiel auf mich.

Meine Kameraden, der kleine Manegold, der kräftige Ubrecht und der lange Laubach konnten längst selbstständig agieren und bekamen neue Teampartner.

Mein Aufgabengebiet änderte sich schlagartig. Und rollende Woche bedeutete, aller sechsundfünfzig Tage ein freies Wochenende. So war das nun mal.

Ich war einerseits froh darüber, dass ich von dieser stupiden Tätigkeit befreit war, doch hatte ich Bedenken, ob ich den neuen Anforderungen gewachsen sei, die nun auf mich zukommen sollten: Überwachung der Qualität und Quantität, Wechsel von Werkzeugen; eine zweitägige Lehrunterweisung machte mich mit der Steuerung und möglichen Störungen bekannt, die an den Maschinen auftreten könnten, was im Grunde nicht genügte; auch die Logistik gehörte ab sofort zu meinen Obliegenheiten, und nicht zuletzt war in der Nachtschicht mit einem Wischautomat die längst mit einer Versiegelung ausgestattete Halle zu säubern.

Doch wie erwartet gab es Schwierigkeiten für alle Beteiligten zu Beginn der Fertigung. Es dauerte Wochen, bis die Qualität einigermaßen Anlass zur Befriedigung fand. Und ein heilloses Kompetenzgerangel machte die Produktion zur Komödie. Im Übrigen waren die drei Maschinen entschieden zu alt; Störungen gab es zuhauf und die Schichtleiter eilten fortwährend durch den Gang, um sie zu beseitigen. Da aber nun die Zeit fehlte, sich permanent um die Qualität zu kümmern, was von enormer Wichtigkeit war, sackte anderes ins Hintertreffen. Standzeiten von Werkzeugen wurden manipuliert; ein ganzes System von Ausflüchten gegenüber Kaminski wurde erfunden, um sich reinzuwaschen und andere vor das Loch zu schieben. Die Teams konkurrierten wieder untereinander, und es gab erste Auseinandersetzungen zwischen denen, die sich gegenseitig ablösen mussten.

Überdies wurden die Werkstücke an den Maschinen nach der Bearbeitung in ein Konservierungsmittel getaucht und danach mit Pressluft abgeblasen. Das hatte zur Folge, dass sich auf den Böden ein schmieriger öliger Belag bildete, auf dem eines Tages sogar Hallmann, der Chef der Qualität, ausrutschte und zu Fall kam. Er wetterte wie ein Stier; der Boden wurde gereinigt und verölte sofort wieder. Die Luft war durchsetzt mit einem Gemisch von Kühl- und Konservierungsmitteln, die acht Stunden täglich eingeatmet wurden.

In dieser Zeit schloss Kaminski seinen Meisterlehrgang ab; doch änderte sich auch sein Verhalten. Er hatte immer mehr sinnlosen bürokratischen Kram zu erledigen, wurde von Kessler, dem Werkleiter, täglich mehrfach belästigt, weil dieser sich ständig über den Stand bei Maschinenausfällen erkundigte und pausenlos nervös und gereizt nach den Stückzahlen fragte. Auch rückten Kaminski die Schichtleiter bei größeren Problemen auf den Pelz, und da dieser mehr wusste, musste er mehr tun. Das wiederum verursachte auch bei ihm inneren Stress, aber man merkte trotz seiner Geduld und seiner Überstunden, wie er in der folgenden Zeit scheinbar alles wie durch Glas betrachtete. Die Maschinenarbeiter würdigte er ohnehin keines Blickes, und seine Gleichgültigkeit weitete er schließlich auch auf manchen Schichtleiter aus.

Das gab einigen Leuten Anlass, sich bei Kaminski lieb Kind zu machen, was dieser aus rätselhaften Gründen kaum honorierte. Ich sah der Handlungsweise dieser Speichellecker mit gemischten Gefühlen zu; eine gewisse Selbstachtung hatte ich mir bewahrt.

Dann ließ die Firma eine Waschmaschine in die Halle lavieren, welche die Werkstücke auf einem Band einer Konservierung unterwarf. Von nun an wurden die Teile nicht mehr getaucht, doch die Waschmaschine entledigte sich ihres Dampfes ebenfalls in die Luft.

Dadurch wurden neue Leiharbeiter benötigt, und die Anzahl der hier Beschäftigten wuchs beachtlich an. Das brachte auch die Schichtleiter an gewisse nervliche Grenzen. Nicht nur, dass die angeforderten Leute bei der geringen Bezahlung unmotiviert agierten, auch hatten viele kein Interesse, etwas zu lernen, sich etwas fortzubilden, Erfahrung zu sammeln; sie stellten sich dumm, denn das schaffte freie Zeit. Obwohl: Es gab keine richtige Einarbeitung, jeder wurde in aller Eile provisorisch mit der Maschine vertraut gemacht. Und um alles noch komplizierter zu machen, warfen ständig einige schon nach Wochenfrist das Handtuch und versuchten über ihre Leihfirma, sich woanders zu verdingen. Dadurch gaben sich permanent alte und neue Leute die Klinke in die Hand. Manche erschienen gar nicht erst, andere erkrankten urplötzlich, und der Rekord eines Anfängers lag bei zehn Minuten. Er sah dem Treiben in der Halle eine Weile zu, die erhaltenen Arbeitshandschuhe in der Faust und legte sie dann weg, um zu verschwinden. Unter den immer neu Bestellten waren bejahrte Männer mit hornigen Händen, schon kurz vor der Rente stehend, junge aufmüpfige Spritzer mit null Bock, unrasierte Leute mit schlaffen Gliedern und leerem Blick, denen bereits nach drei Tagen die Arbeit zu hart erschien, Mitarbeiter, die eine Alkoholfahne mitführten. Man hatte den Eindruck, dass sie aus einem Pool schwer zu Vermittelnder kamen; oft dachte ich, dass man einige direkt vom Saufen vor einem Supermarkt zwangsverpflichtet hatte.

Die Inserate bei Zeitarbeitsfirmen enthielten oft die Anforderung von Erfahrung und Programmierkenntnissen. Es war grotesk, dass man dann letztlich mit Menschen konfrontiert wurde, die noch nicht einmal eine Maschine aus der Nähe gesehen hatten.

Die Schichtleiter wurden in dieser Beziehung von der Führung allein gelassen. Unter dem Strich bemängelte man die Leistung der immer wieder veränderten Teams und obendrein, nur nebenbei, kritisierte man die verschmutzte Halle.

So vergingen zwei weitere Jahre. Ich beantragte wieder eine Lohnerhöhung, die man erneut ablehnte. Monate vergingen, in denen sich furchterregende Gleichförmigkeit in den Abläufen ausbreitete.

Die Obrigkeit ließ sich selten sehen, abgesehen von Kessler, der jeden Morgen fast um die gleiche Zeit, angetan mit seinem grauen Kittel und panisch geweiteten Augen auf das Büro von Kaminski zusteuerte, während er missbilligend die Warnlampen der Maschinen fixierte. Während man sich hier alle Mühe mit Störungen gab und bestrebt war, die Stückzahlen auf gutem Niveau zu halten, wurde seitens der Führung niemals ein lobendes Wort geäußert, ja, ich hatte den Eindruck, es handele sich hier um eine kriegswichtige Produktion, der sich alle bedingungslos unterordnen sollten.

Das Einzige, was zu hören war, blieb Tadel wegen zu schlechter Qualität, die in letzter Zeit schwankte, wegen Schlampereien bezüglich der Sauberkeit und Ordnung, und das Mahnen zur Eile bei Maschinenausfällen, denn mittlerweile reparierte man die Baugruppen, Spindeln und Motoren schon selbst, obwohl es Instandhalter gab, die ihrerseits unterbesetzt waren. Das Prüfen der Werkstücke geriet abermals in den Hintergrund, was den Chef der Qualität auf den Plan rief, den cholerischen Hallmann. Da nützte keine Ausrede; es hieß nur: „Kriegen Sie das auf die Reihe!" Damit war der ungleiche Disput beendet, ebenso wie bei Kessler, der auf schlechte Nachrichten fast schon hysterisch reagierte.

Irgendetwas stimmte hier nicht, sagte ich mir oft. Die Motivation fehlte, die Hektik in der Woche hatte zerstörerische Auswirkungen, das fehlende Verständnis zwischen oberen und unteren Chargen führte zu Apathie und Gegenwehr.

Um die mangelhafte Produktion zu forcieren, wurden nun Feiertage gestrichen, an denen man ungefragt zu arbeiten hatte. Die rollende Woche schien nicht genug; das Privatleben blieb völlig auf der Strecke.

Eines Nachts hatte ich einen merkwürdigen Traum. Ich befand mich mit einem Kollegen in einem Gebäude, das nur aus rohen Ziegelwänden bestand, ohne Dach. Das Gebäude war in einzelne Räume unterteilt. Untätig stand ich mit dem Kollegen in einem der Bogengänge herum, welche die Abteilungen trennten.

Wir konnten beobachten, wie in einem Raum ein nackter Mensch von Uniformierten mit einer Maschine zusammengepresst wurde. Aus irgendeiner seiner Körperöffnungen, ich erinnere mich nicht mehr, welche es war, entwich weißlicher Schleim. Der Mensch war ein willenloses, immer kleiner werdendes Bündel.

Vor Entsetzen wie gelähmt, fiel unser Blick in das benachbarte Gelass, in dem andere Männer einem wiederum nackten Menschen einen Pflock in den Schädel trieben. Ich konnte sehen, mit welcher Langsamkeit der offenbar hölzerne Pfahl Zentimeter um Zentimeter in den Kopf des Hilflosen drang, der in seiner Schlaffheit nur noch an einen zweckdienlichen Gegenstand erinnerte.

Mein Kollege trat, als die Männer verschwanden, plötzlich in diesen Raum und stieß mir mit dem Fuß etwas herüber. Ein abgetrenntes blutiges Knochenstück streifte meinen Schuh und hinterließ eine hässliche Spur. Ich sah den Kollegen vorwurfsvoll und verständnislos an.

Wir traten danach wieder in eine der anderen Abteilungen, ich glaube, um nicht aufzufallen. Und mit einem Mal betätigten wir einen Saugapparat über den Boden, der mit einem langen Rüssel ausgestattet war. Andere Saugapparate bewegten sich selbständig und schoben ihre endlosen Rüssel in andere Räume. Was sie hineinsaugten, wollten wir nicht wissen. Nur nicht so genau hinsehen jetzt! Wir wichen dann zurück in den Raum, in dem der zusammengepresste Mensch lag, ein kastenförmiges Bündel.

Rechts befand sich zu unserem Erstaunen ein großer Speisesaal, in dem fröhliche Leute von Uniformierten bedient wurden. Ich überlegte angestrengt, was wir tun sollten. In den Saal zu gehen, bedeutete ein unbedingtes Auffallen, denn wir sahen furchtbar heruntergekommen aus. Sich den Folterern oder Schlächtern wieder zu nähern, bedeutete noch Ärgeres. Man würde uns womöglich das gleiche Schicksal bereiten wie diesen Nackten.

So verharrten wir im Bogengang zwischen Tod und Bewirtung, unfähig, etwas zu tun, unfähig, einen der Räume zu betreten, unter dem Türrahmen, der wie bei einem Erdbeben den größtmöglichen Schutz verheißt. Diese Misere war eine unsägliche Qual. Von beiden Seiten könnte man uns bemerken. Dann wachte ich auf.

An einem freien Sonntag sah ich abends durch das Küchenfenster und sah gegenüber die Fernseher lodern. Ich stellte mir die Gesichter der Mieter vor, die müde und gleichsam konzentriert dem Geschehen folgten. Furcht beschlich mich vor dem kommenden Tag. Und wessen Seele würde man in dieser Nacht holen?

Dann irrte ich durch meine Zimmer und wollte noch Papiere ordnen. Dabei fiel mir ein Karton mit alten Fotografien in die Hände. Ich hatte ihn bei der Beräumung der elterlichen Wohnung mitgenommen, nachdem mein Vater verstorben war. Ich vergaß plötzlich meinen Plan der Sortierung und kramte die Bilder aus dem vergilbten Pappkarton heraus. Es war wie ein Zeitriss. Ich sah meine Erzeuger in den Dünen der Ostsee, im Strandkorb, in den Wellen. Dann wieder bei irgendwelchen Familienfeiern, mit vielen Getränken auf dem Tisch. Auch ich war auf einigen Fotos, im Sandkasten, bei der Einschulung, bei der Jugendweihe, und ich verstand nicht, warum heutzutage eine normale Kamera kaum noch benutzt wurde. Fotohandys waren in, doch wer schaute sich diesen Schwachsinn an? Die Bilder von früher kamen mir vor wie in Stein gemeißelte Erinnerungen. Sie würden viele Jahrzehnte überdauern. Doch jetzt... Die heutigen Fotos wirkten oberflächlich, gestellt und oft flapsig. Vor allem waren diese alten Aufnahmen vorwiegend schwarzweiß. Ich liebte sie. Denn sie zeigten das Leben ohne Schnörkel.

Spät ging ich noch aus dem Haus und stellte mich dem Regen, der mir auf den Kopf und die Jacke troff. Es war mir egal. Die Menschen hatten sich verkrochen, und ich war allein.

Es hatte Gerüchte gegeben; man erfuhr nie etwas Profundes, aber dann kam sie in die Nachbarhalle, eine riesige Maschine mit dazugehörigem Roboter, der die Werkstücke automatisch in die Vorrichtung einlegte. Der Aufbau, das Einrichten, die Probeläufe, das alles dauerte seine Zeit, doch schließlich produzierte man in Serie. An einem Band wurden zwei neue Mitarbeiter angestellt, die fortwährend Werkstücke abnahmen und neue auflegten.

Doch diese Maschine bestach durch die Vielzahl von Störungen, die fast pausenlos auftraten. Kaum hatte ich ihr den Rücken zugekehrt, ertönte ein Pfiff, das Zeichen eines Mitarbeiters, der die rote Warnlampe auf ihrem Dach bemerkt hatte und ich musste zurück, um die Störung zu beheben. Leicht war das nicht; es wurde keine Schulung getätigt, ja nicht einmal eine Erklärung geliefert, was in welchem Fall zu tun sei. *Learning by doing* bedeutete auch, dass man mitten in der Nacht weder wusste, ob man riskante Versuche starten sollte zur Aufrechterhaltung der Produktion oder dies aufgrund mangelnden Wissens lieber unterließ, um das Dilemma nicht noch zu verschlimmern. Und doch war am Ende stets die Entscheidung die falsche, wie man es auch drehte.

Wenn ein Schichtleiter etwas erfuhr, einen Hinweis, einen Trick herausfand, eine neue Erkenntnis gewann, auf eine Besonderheit stieß, dann behielt er das für sich, um vor Kaminski zu glänzen. Früher, dachte ich, war man verpflichtet, Wissen weiterzugeben, das Unterlassen grenzte schon an Sabotage.

Heuer meinte man, sich dadurch unverzichtbar zu machen; das war offenbar auch die Lebensphilosophie von Kaminski, der diese Einstellung allen vorlebte, doch statt zu räsonieren, ahmte man es nach und war dennoch im Irrtum, denn jeder schien nach Kaminskis Meinung ersetzbar zu sein. - Jetzt war diese neue Maschine das einzig Wahre und der Mittelpunkt von allem. Die drei alten Maschinen in der Nebenhalle schienen zu lästigen Anhängseln degradiert.

Die Qualität der neuen Teile war nun ebenfalls der Kontrolle unterworfen; dazu kam der Wechsel der durch die große Maschine hinzugekommenen Werkzeuge; auch der Roboter lief nicht, wie erwartet, problemlos. Zudem verbrauchten die vielen Maschinen ungeheuer viel Öl, das ständig nachgefüllt werden musste. Oft ging das Öl zur Neige; es wurde zu spät bestellt; es mangelte an Putzlappen, an Arbeitshandschuhen, an Waschpaste, und *last, but not least* an Werkzeug. Der Verschleiß war ungeheuer, aber das hätte man einplanen müssen. Aber *das* hatte keinerlei Konsequenzen.

Ich unternahm nach sieben Jahren den dritten Versuch einer Lohnerhöhung. Erfolglos.

Eines Tages kündigten innerhalb von sechs Wochen zwei Schichtleiter. Sie hatten das Glück, etwas anderes gefunden zu haben. Es schlug ein wie eine Bombe, denn es mussten Nachfolger eingesetzt werden. Darüber hatte sich die Führung nie Gedanken gemacht. Die Kündigungsfrist der beiden näherte sich ihrem Ende; keine Bewerbung fand eine Befürwortung.

Es war vorgekommen, dass erfahrenere, nun schon länger beschäftigte Leiharbeiter in Urlaubszeiten die Schichtleiter vertraten; das funktionierte insoweit, dass die Produktion einigermaßen aufrechterhalten wurde, aber bei Störungen machte es sich bemerkbar, dass die Vertreter im Vorfeld nicht das Interesse und die Motivation mitgebracht hatten. Im Übrigen war auch ihre Bezahlung mangelhaft; warum sollten sie dann noch eine wichtige Tätigkeit ausüben?

Nur einer von allen, ein noch junger besonnener zurückhaltender Mann, der dunkelhaarige Meiser, kannte sich bald bestens mit den Problemen der Maschinen aus. Er fungierte ab sofort als ein Nachfolger. Nur für das vierte Team blieb die Zukunft offen.

Gerade in dieser Zeit ging ich eine Woche in Urlaub. Doch als ich zurückkam, waren die beiden Schichtleiter schon fort und hatten ihre Frist abgegolten. Der junge Meiser und der zweite, Stuckart, ein zwar korrekter, aber zu Ausbrüchen neigender fahriger Mann mit schütterem Haar, führten ihre Teams und ich begann mein Tun mit meiner dritten Belegung. Doch die rollende Woche benötigt vier Leiter.

Einige Tage lang herrschte unheimliches Schweigen zwischen allen Beteiligten. Nach dem Ende meiner sechsten Nachtschicht stellte ich Kaminski die entscheidende Frage, wie es denn nun weiterginge. Ich hätte jetzt zwei mir zustehende Ruhetage.

„Meiser und Stuckart machen durch", sagte Kaminski.

„Und die Nachtschicht?"

„Die müsstest du weiterführen."

„Aber die Ruhetage", sagte ich. „Ich brauch auch Ruhetage."

„Dann geh nach Hause", sagte Kaminski und wandte sich ab.

Als ich nach zwei Tagen wieder erschien, traf ich auf Stuckart und fragte ihn: „Wer hat mich in meiner Ruhezeit vertreten?"

„Meiser und ich."

„Wie denn?" - „Wir haben uns in die Schichten reingeteilt."

„Ihr hattet keine Ruhetage?"

„Nein."

„Das lasst ihr euch bieten?" begehrte ich auf.

„Wir haben doch keine Alternative!" zischte Stuckart entnervt.

Wie tief muss man gesunken sein, dachte ich, um diesen Zirkus mitzumachen? Was kann man Angestellten abverlangen, bis sie sagen, bis hierher und nicht weiter? Offenbar gab es da keine Grenzen. Wieder hatte ich den Eindruck, es ginge um Leben und Tod.

Dann kam die Weihnachtszeit und Kaminski bestellte zwei sich ablösende Schichten in den Pausenraum und eröffnete, dass es erforderlich sei, bis zum Heiligabend elf Schichten durchzuarbeiten, um die Lieferungen einhalten zu können. Es fehle an Schichtleitern. Keiner im Raum machte einen Mucks, nur einigen wurde es etwas unbequem in ihrer Arbeitskleidung und sie bewegten verdrossen die Schultern. Das war alles an Gegenwehr.

Da keiner etwas sagte, meinte ich erneut: „Wir haben ein Recht auf Ruhetage. Wir haben keine Schuld an der momentanen Misere."

Kaminski sah mich an: „Wenn es dir nicht passt, musst du dir was anderes suchen." Das war alles. Es wurde durchgearbeitet.

Als Kessler, der Werkleiter, eines Mittags in der Halle erschien, sah er den jungen Meiser dösend an einem Teilebehälter lehnen, die Augen halb geschlossen.

„Was ist mit dem los?" fragte Kessler entnervt Kaminski, der einige Meter daneben eine Maschine reparierte. - „Er macht eine Doppelschicht, ist wohl müde", sagte Kaminski.

„Ach so", sagte Kessler. „Und sonst? Ernsthafte Probleme?"

„Keineswegs", sagte Kaminski und schraubte mit verölten schmierigen Händen einen Flansch an. „Na dann macht", sagte Kessler und stürzte davon.

Dann kam glücklicherweise der blonde Weigandt, ein neuer ruhiger korpulenter Schichtleiter mit Erfahrung, der sich nach kurzer eiliger Einarbeitungszeit als wirklich tauglich zeigte, ein Umstand, dem die Führung trotzdem keineswegs Achtung zollte. Jetzt waren wir wieder zu viert.

Nach neun Jahren startete ich einen vierten Versuch, dass man meinen Lohn aufstockte. Auch dieser wurde abgelehnt. In den letzten drei Dekaden hatte die Leitung der Firma Umfragebögen, verteilt, in denen man anonym beantworten konnte, was einem an der Struktur und an der Führung genehm sei oder missfiel. In den Blättern, die ein wenig einem Quiz ähnelten, wurden in Ersatzspalten harte ehrliche Worte gebraucht, um darzulegen, wo die Säge klemmte. Allein, es änderte sich nichts.

Die Schichtleiter, die allmorgendlich auf Kaminski warteten, um die Ereignisse der Nachtschicht zu schildern, wurden von diesem harsch wie immer, abgefertigt, irgendwelcher Unterlassungen beschuldigt, süffisanten Vorwürfen preisgegeben, und gingen unzufrieden nach Hause. Einige fassten das falsch auf und ließen ihren Frust an den Mitarbeitern aus. Kessler pfefferte Kaminski zusammen, Kaminski die Schichtleiter und diese die Mitarbeiter. Schon bei Kleinigkeiten platzte oft Stuckart der

Kragen, aber dem wahren Schuldigen gegenüberzutreten, wagte er nicht. Zuviel Angst um den Arbeitsplatz spielte da mit, obwohl es dafür keinen ordentlichen Grund gab, denn Kaminski brauchte die Schichtleiter.

Daher war es viel besser, den Mann an der Maschine zu maßregeln, als dem Meister die Meinung zu geigen, denn man wollte ja weiterhin jedes Jahr zum Urlaub in den Thüringer Wald fahren oder sonst wohin. Dass Männer solchen Schlages ihren Frauen in die Augen sehen konnten, verstand ich nicht. Man kann vielleicht arm werden, aber kein Waschlappen.

An einem Nachmittag kam Hallmann von der Qualität in seinen grauen Kittel gehüllt hereingeeilt und zitierte mich zu sich. Er zog mich zum Messgerät und zeigte mir eine Anomalität bei den Ergebnissen, die ihm am eigenen Computer aufgefallen war, denn alles war hier vernetzt und wurde überwacht.

Hallmann war außer sich. Er wollte Gründe wissen, sprach von Sabotage, von Manipulation.

Doch der Disput dauerte an, es war kein Grund auszumachen, und ich wies Hallmann darauf hin, dass die Ablösung längst da sei und womöglich andere Erkenntnisse zur Klärung beitragen könnten; meine Schicht sei nun vorüber.

Daraufhin zerrte Hallmann mich brüsk am Ärmel und brüllte: „Ihnen ist wohl das Privatleben wichtiger als die Firma?"

Ich riss mich los; dann kam Kaminski dazu, die Diskussion ging mit diesem weiter und ich konnte mich entfernen.

Mittlerweile hatte Kaminski so viel um die Ohren, dass er den jungen Meiser öfter als rechte Hand auserkor und ihn in sein

Büro abkommandierte. Es gab viele Pannen, Störungen und Reparaturen, und Meiser hatte in der Lehrzeit vermutlich die Augen offengehalten; er kannte sich bestens mit Pneumatik und Hydraulik aus, auch lernte er schnell Neues – man brauchte ihm nur etwas einmal zu erklären und es saß. Ab sofort wurden sie ein Duo und ein anderer führte die Schicht Meisers.

Eines Abends an einem Samstag wurde eine Fabrikfeier anberaumt, zu der alle Beschäftigten der Firma nebst Partnerinnen herzlichst eingeladen waren.

Ich hatte nicht vor, teilzunehmen und ohnehin das Vergnügen, meine Crew durch die anstehende Nachtschicht zu führen. Als ich mit meinem Rucksack eintraf, es war gegen halb zehn, war diese Feier in vollem Gange. Es war bereits dunkel.

Die Leitung hatte das Tor zu einer Halle geöffnet, in deren Innerem ein Haufen Schrott oder Schlacke, ich sah es nicht genau, mit gespenstischem rötlichen Licht angestrahlt wurde. Davor war eine große, alles überspannende Zeltbahn gebreitet, welche die Gäste vor eventuellem Regen schützen sollte. Aus zwei riesigen Boxen erschallte Musik, die zum Tanz aufforderte, dem einige bereits huldigten.

Ich sah an einer Art Tresen die Frauen aus der Verwaltung Getränke ausschenken, unterstützt von mir bekannten, aus anderen Abteilungen stammenden Arbeitern. An den langen zusammengerückten Tischen saßen in Grüppchen die Leute, die ich sonst nur in grauer Kleidung und schmutzverschmiert kannte, mit Biergläsern, und unterhielten sich hitzig.

Ich blieb stehen und sah dem Treiben, weitab vom Licht harrend, eine Weile zu. Ich hatte den Rucksack noch über der Schulter hängen und kam mir vor wie ein *Wanderer zwischen zwei Welten*. Ich sah eine Bank, auf der man allerlei Speisen aufgetischt hatte, an der sich sporadisch die Gäste bedienten.

Plötzlich tauchte Kessler, der Werkleiter, mit gerötetem Gesicht vor mir auf. „Trinken Sie doch ein Bier, Herr Hofler!"

„Ich habe Nachtschicht", sagte ich, überflog noch mit einem mitleidigen Lächeln den dekadenten Spielplatz und ließ Kessler stehen. An der Ecke zum Gebäude noch ein letztes Mal zurückschauend, sah ich Kaminski und Meiser die Köpfe zusammenstecken. Im Hintergrund wankte ein schon Betrunkener ziellos durchs dunkle Firmengelände.

Im verdreckten Pausenraum lagerte auf dem Kühlschrank, den jemand aus seinem Fundus gesponsert hatte, ein Blech mit runzligem Kasslerfleisch. Auf mein Fragen hin erklärte ein Mitarbeiter, dass man gegen siebzehn Uhr, als die Feier ihren Anfang nahm, den Braten für die Spätschicht hergestellt hätte. Ich warf das halbverdorbene Almosen in den Müll.

Die Obrigkeit feiert, dachte ich, und für den Pöbel bleibt nichts. Ich begrüßte meine jetzt nach und nach eintrudelnden Kollegen. Dann ging ich mit einer Kanne zu der ersten großen Maschine hinaus, an der ich einst mit den Alteingesessenen gearbeitet hatte und blieb vor dem dazugehörigen Werktisch stehen. Jetzt am Wochenende schwieg sie; die Arbeiter hatten wieder normales Dreischichtsystem. Ich sah auf der Ablage den Strauß bunter Blumen in einer Vase, die der lange Laubach aus seinem

Garten mitgebracht hatte. Ich hatte Laubach versprochen, die Pflanzen in dessen Abwesenheit zu versorgen, schüttete das alte Wasser weg und goss neues nach. Dann ging ich an die Arbeit.

Die ständige Hektik, der Druck von oben, die Eile, mit der die Schichtleiter zu Werke gehen mussten, forderten Tribut. Deshalb konnte nicht verwirklicht werden, dass auch nur einer durch Übung etwas lernte. Dieses Personalchaos, dem kaum noch einer folgen konnte, weil nur der Wechsel von Beständigkeit war, wurde untermauert von den andauernden Fehden zwischen den sich ablösenden Schichten, die sich gegenseitig beschuldigten, nicht ordentlich zu übergeben und nicht fleißig genug gewesen zu sein. Überdies befeuerte Kaminski diesen Irrsinn, indem er Vorwürfe gegen die Schichtleiter aus dem Ärmel zog, die weder Hand noch Fuß hatten.

Dazu kam der immerwährende Mangel an Werkzeug. Das Kühlmittel in den Maschinen, das offenbar nur einer sporadischen Kontrolle unterworfen war, kippte im pH-Wert; die Werkstücke rosteten zu Hunderten vor sich hin. Stückzahlen von gefertigten Teilen tauchten im Computer auf, die niemals mit dem tatsächlichen Output übereinstimmten. Eine Schmierenkomödie, die jedoch alle als heilige Kuh erachteten.

Dann kamen noch drei Maschinen, kleinere, die in der Nachbarhalle aufgebaut wurden, und die Anzahl der Arbeiter pro Schicht schwoll auf über zwanzig an. Somit war der acht Quadratmeter große Pausenraum für zu viele ihn abwechselnd frequentierende Arbeiter zu klein, die außerdem alles dort liegen- und fallen ließen, was ihnen aus der Hand glitt. Joghurtbecher, Zigarettenkippen, Rotzfahnen, leere Flaschen, Essensreste, Plastikbeutel. Denn kleine Pausen räumte man den Maschinenbedienern ein, auch wenn die Schichtleiter kaum Zeit dafür hatten.

Den Weg zur Toilette scheute ich oft, die schon beim Anblick zum Scheißhaus degradiert war. Meterlange abgewickelte Papierrollen wiesen den Weg in braune Kloschüsseln mit nicht heruntergespülten Fäkalien, an den Wänden standen Hassparolen gegen Vorgesetzte, in deutschen und kyrillischen Buchstaben, mitunter zweifelhafte Gedichte, die allesamt mit dem Unterleib zu tun hatten.

Nach elf Jahren wurde auch meine nächste Lohnerhöhung abgeschmettert.

In den Hallen schwebte der Staub, im hereinfallenden Sonnenlicht gut zu erkennen. Die Anwohner berannten mit Eingaben die Behörden wegen des Drecks in der Umgebung. Nachts wurde bei geschlossenen Türen gearbeitet; kein Lärm sollte zu hören sein. Die Wagen parkte man versteckt, damit kein zufällig Schnüffelnder auf die Idee käme, hier werde malocht. Doch unterdessen widmete sich die Führung zumindest dem Einbau von Filtern.

Wie es in den anderen Abteilungen zuging, hatte ich nie wissen wollen. Wenn wir die Spitze des Eisbergs bildeten, dann schien mir einiges klar. Ich war nie durch andere benachbarte Hallen gegangen, aber der Lärm, der von fern erscholl, das Schleifen, Hämmern und die nebligen Dünste, die bis zu uns waberten, gab mir eine gewisse Vorstellung, was sich hier alles so abspielte.

Und was allem noch die Krone aufsetzte, waren wieder neue Leiharbeiter, unter denen es trotz allem auch sehr verlässliche gab. Doch die meisten, die ich zu Dutzenden kommen und gehen sah, schienen nicht in der Lage, mitzutun.

Da gab es zunächst jene, die in Zivil erschienen, in Begleitung des Vermittlers, sich kurz den Arbeitsplatz ansahen und zum vereinbarten Beginn gar nicht erst auftauchten, dann solche, die vier Stunden blieben und die man dann nicht mehr wiedersah. Wieder andere erkrankten nach dem ersten Arbeitstag und litten an rätselhaften Symptomen.

Es gab Leute, die vertrugen das Kühlmittel nicht, andere wiederum nicht die Handschuhe. Einige schützten einen Wasserrohrbruch im trauten Heim vor, um sich entfernen zu können, anderen wurde plötzlich übel; manchen war die Arbeit eindeutig zu stressig und sie stellten sich unheimlich dämlich an, damit man sie unverrichteter Dinge nach Hause schickte.

Um auch etwas Positives zu sagen: Bestimmte Arbeiter waren anders. Da war ein besonders Kräftiger, der die Werkstücke mit einer Hand fast spielerisch einlegte, wofür andere beide brauchten; ein Schmächtiger, dem man es nicht ansah, aber er besaß eine unglaubliche Technik des Bestückens.

Ich erlebte solche, die eine große Schnauze hatten, und andere, denen sie gestopft wurde. Es gab Schweiger, Redselige, Nervige, Altkluge, Schüchterne, ständig Lachende, Verbitterte, total Verblödete, mit denen man Geduld haben musste, Arbeiter, die an den Tasten herumspielten und Scheiße fabrizierten, Leute, denen man alles zwanzigmal darlegen musste und die es dann immer noch nicht begriffen; andere, die bestimmte Tätigkeiten von sich wiesen. Ich hatte den Eindruck, dass hier das Strandgut des Lebens angespült wurde.

Dann waren aber auch jene, die sich Tag für Tag abmühten, mit körperlichen Gebrechen dennoch weiterwerkten. Ältere, die manchem Jüngeren im Prinzip zeigten, was eine Harke ist, und wieder andere, die ihre Aufgabe sehr ernst und genau nahmen, was allerdings im allgemeinen Tohuwabohu unterging. Arbeiter, die jeden Tag sechzig oder vierzig Kilometer fahren mussten, um zur Firma zu gelangen, über deren Lippen kein Klagelaut kam.

Ehrliche Leute mit hängenden Köpfen, die sich über die acht Stunden quälten, weil es ihnen tatsächlich nicht gut ging, die rollende Woche, die ständigen Schichtwechsel, fast nie ein freier Sonntag. Arbeiter, die trotz privater Probleme nicht versagten, sei es, dass die Frau erkrankt war oder eines der Kinder.

Andererseits war es so, dass mit der sich erhöhenden Anzahl der Maschinen sich immer neue Arbeiter die Klinke in die Hand gaben, Urlaubs- und Krankheitsvertretungen, und sogar Vertretungen der Vertretungen. Nur wenige blieben übrig, die ein wenig Ahnung hatten, und so kam es vor, dass ich nie die Zeit zu einer echten Pause hatte, woran ich mich als Verantwortlicher zwar gewöhnte, doch gipfelte es manchmal darin, dass drei Mitarbeiter gleichzeitig auf mich zueilten, während ich vergeblich versuchte, in ein Brötchen zu beißen, und über aufgetretene

Pannen klagten. Ich musste zunächst entscheiden, welcher Maschine die höchste Priorität einzuräumen war, dann wurden nach und nach die Störungen beseitigt, insoweit das möglich war. War es nicht so, wurde an der Maschine so lange probiert, bis die Ablösung kam.

Oft wurde ich bei Versuchen, die Gängigkeit wiederherzustellen, vom Bediener und anderen wie ein seltener Käfer beobachtet.

Auch konnte ich mich eines kuriosen Vorfalls erinnern, der sich zugetragen hatte, als der Roboter streikte und ein zusätzliches Problem an der großen Maschine hinzukam, was die Nervosität erhöhte. Kessler, der Werkleiter, erschien wie aus dem Nichts, wie eine herabgelassene Marionette. „Was ist hier los? Warum steht die Maschine?"

„Es gibt ein Problem!"

„Was für ein Problem?"

„Der Roboter streikt und dann ist da noch eine andere Störung."

„Was wird unternommen?"

„Wir arbeiten daran."

„Dann machen Sie mal." Kessler entfernte sich mit eiligen Schritten. Plötzlich wandte er sich brüsk um, kam zurück und beugte sich über eine Gitterbox mit Schrottteilen. Ich war bereits wieder mit der Steuerung des Roboters beschäftigte und wurde von Kessler unterbrochen: „Was ist mit dem Ausschuss? Wie viel Prozent?" fragte Kessler mit panischen Augen.

„Nun, heute ne ganze Menge", sagte ich. Mitten in der Schicht war ich nicht im Bilde über die Anzahl.

„Das ist ne Scheißaussage", zischte Kessler. „Also wie viel?"

„Dreißig Prozent", sagte ich aus dem Ärmel. Damit war Kessler zufrieden; er ging.

Kaminski war mit den Massen der Beschäftigten überfordert. Leute, die nicht erschienen, die plötzlich erkrankten; die Kommunikation mit der Leiharbeitsfirma klappte schlicht und ergreifend nie. So lief es auch mit der Urlaubsplanung. Mit Dutzenden Arbeitern in mehreren Schichten ergab das ein heilloses Durcheinander, und Kaminski änderte mitunter dreimal freitags den Schichtplan für die kommende Woche. Knickrig war er in dieser Beziehung nicht. Er versuchte alles möglich zu machen.

Doch andererseits interessierte er sich nie für irgendwelche Sorgen der Schichtleiter. Ich dachte oft, dass Kaminski keinesfalls den Lebenslauf aller Leiharbeiter kennen müsse, aber dass ihm sogar seine direkten Untergebenen Wurst waren, wurmte mich schon.

Aber Kaminski selbst teilte auch nie etwas von sich mit; offenbar hatte er auf der Meisterschule sehr gut zugehört, um beim Thema Menschenführung vielleicht an einer Grippe zu laborieren. Nach und nach hatte sich sein ganzes Persönlichkeitsbild geändert. Mit den Jahren war er immer gleichgültiger und barscher geworden; auf Fragen stellte er Gegenfragen, statt eine Antwort zu geben. Morgens nicht zu genießen, besserte sich seine Laune dann um die Mittagsstunden, und gegen sechzehn Uhr wurde er jovial. Einige stellten sich darauf ein, doch ich hielt nichts von Zuckerbrot und Peitsche. Deshalb konnte mich Kaminski am wenigsten von allen leiden. Doch war das keinesfalls ein Kräftemessen, es war eine Frage der persönlichen Einstellung. Oft geriet Kaminski mit langjährigen Mitarbeitern in einen sinnlosen kurzen heftigen Streit, statt sie zu motivieren. Überhaupt war dieses Thema hier ein Stiefkind. Ich hatte irgendwo gelesen, dass Motivation eine Leistungssteigerung von ungefähr zehn Prozent ausmachte. Aber in dieser Fabrik verzichtete man darauf, ebenso wie auf einen Unternehmensberater, der das womöglich herausgefunden hätte. Stattdessen eilten die kittelbehangenen Führungskräfte mit eingefrorenen Gesichtern durch die Hallen, verteilten Anschisse, glotzten minutenlang in irgendwelche angestaubten Gitterboxen und warteten auf das Wochenende.

In den Pausen blätterten die Kollegen in Boulevardzeitungen und betrachteten die Nackten auf der letzten Seite oder ereiferten sich bei der Auswertung der Fußballergebnisse. Nur einmal lernte ich einen Mitarbeiter kennen, der doch tatsächlich Bücher las.

Nach zwölf Jahren Betriebszugehörigkeit wagte ich schließlich den Gang zum Personalchef, um ihn diesmal persönlich und unumwunden um eine Lohnerhöhung zu bitten. Ich hatte einen Termin anberaumt, und als ich in das Büro trat, sah ich, dass auch Kaminski zugegen war. Ganz schlechte Karten, dachte ich, und so war es dann auch.

Der Personalchef machte mir nach seinem Ersuchen klar, dass mein Begehr auf taube Ohren stieße, weil die Leistung meines Teams nicht den Anforderungen genüge und es demnach keinen Grund gäbe, den Stundenlohn zu erhöhen. Ich entgegnete, dass ich nicht über die Mittel verfüge, die Mitarbeiter ob meiner Fülle an Aufgaben noch anzutreiben, dass ich immerhin schon lange in der Firma sei und die Lebenshaltungskosten in den vergangenen Jahren immens gestiegen seien. Doch der Personalchef erwiderte, da könne ja jeder kommen. Kaminski nickte nur. Konsterniert verließ ich das Büro und dachte an die lange Zeit, die ich hier verbracht hatte, im Nebel der Fabrik.

An den folgenden Tagen war ich sehr niedergedrückt; trotz allem ging ich meiner Arbeit weiterhin nach. Ich setzte einige Bewerbungsschreiben auf und schickte sie ab, doch ohne Erfolg. Nach drei Wochen machte sich eine gewisse geistige Lähmung bei mir bemerkbar, doch vorerst unternahm ich nichts dagegen, was auch?

Doch als ein Monat vergangen war, wurde mir klar, dass es sich um eine beginnende Depression handeln musste. Ich wollte mir das zunächst nicht eingestehen; das hätten nur Schwächlinge, dachte ich, aber die Zeit verrann, und es wurde schlimmer. Ich wurde antriebslos, träge, ständig müde, musste mich oft eine Stunde mitten am Tag hinlegen, vor der Nachtschicht, nach der Frühschicht, ja selbst an Ruhetagen wich die Apathie nicht von mir. Schließlich ging ich zum Arzt, der mir Tabletten verordnete.

Ein wie üblich schneearmer Winter war angebrochen, und ich dachte oft an die Kindheit, in der mich der Schlitten durch das Meer der Fürsorge gezogen hatte. Es war seltsam still im Haus, obwohl Weihnachten vor der Tür stand. Ich hatte Urlaub und heftete wieder Unterlagen ab, die sich angesammelt hatten. Mein Leben war in Ordnern.

Als ich einen kleinen Fichtenbaum auf dem Markt kaufte und wieder umkehrte, betrachtete ich ihn noch kurz, während Leute an mir vorüberhasteten. In der Menge glaubte ich plötzlich, eine ehemalige Klassenkameradin zu erkennen. Gleichzeitig hörte ich aus einem geparkten Wagen einen Song der *Stones.* Es war wie ein Zeitriss. Mir wurde bewusst, dass die Orte unserer Jugend ausgelöscht waren durch Veränderung und Erneuerung. Und die Menschen sprachen nicht mehr so miteinander. Ein flüchtiges Begegnen, ein kurzes Lächeln, ein rasches Gespräch, das war alles.

Eines Tages kam uns zu Ohren, dass man den lange schon im Gelände stehenden alten Schornstein sprengen wollte, der seit ewiger Zeit hier thronte. Er wurde nicht mehr benutzt und seine Beseitigung sollte Platz für eine neue Halle schaffen. Er war vormals aus Ziegeln erbaut worden und überragte weithin sichtbar die Umgebung.

Das alles sprach sich herum, und ich konnte mir das krankhafte Interesse vieler Arbeiter für diese Maßnahme nicht erklären. Warum waren die Menschen, wenn etwas zerstört wird, aus seltsamen Gründen begeistert?

Als ich nach der Frühschicht aus der Fabrik kam, sah ich mir den Schornstein genauer an. Jetzt erst bemerkte ich den Mörtel zwischen den Ziegeln, der durch die vielen Jahre abgedunkelt war. Hier und da hatte sich durch den Wind Staub und Erdreich angesammelt und war in den Fugen hängen geblieben. In großer Höhe konnte ich einige Birkenschösslinge erkennen, die dort tapfer wuchsen und sich mit ihren kleinen Wurzeln festklammerten.

Als ich diese riesige Esse betrachtete und mein Blick wieder nach unten ging, stellte ich fest, dass ich mich genau an der Stelle an dem großen Platz befand, die mich am Tag der Einstellung so beeindruckt hatte. Hier war auch immer noch dieser nicht mehr benutzte überwucherte Schienenstrang, der nach vielleicht zweihundert Metern durch ein bogenförmiges Tor führte. Ich trat ein paar Schritte zurück. Jetzt hatte ich die Möglichkeit, alles besser ins Auge zu fassen, den Schornstein, die Gleise, das bogenförmige Tor in der Ferne, die bröckelnde Verladerampe.

Wieder dachte ich an das Geschichtsbuch. Mit einem Mal begann ich schwer zu atmen und mein Hals schien wie zugeschnürt. Ich zerrte in Panik die Trinkflasche aus dem Rucksack und leerte den Rest in einem Zug. Dann setzte sich ich mich langsam in Bewegung und ging nach Hause.

Diesmal fielen meine freien Tage tatsächlich auf ein Wochenende. Mich trieb es ziellos durch die Straßen; ich setzte mich oft irgendwo auf eine Bank, las unkonzentriert in einem mitgenommenen Buch und starrte lethargisch den vorübereilenden Passanten nach.

Am darauffolgenden Montagabend, als ich mit meiner ersten Nachtschicht begann, wurde in der Firma von nichts anderem geredet als von der bevorstehenden Sprengung des Schornsteins. Sie sollte am Samstag erfolgen, früh am Morgen, und alle freuten sich, dass um diese Zeit nicht gearbeitet werden durfte. Nichtsdestotrotz wollten einige dazukommen und das Fallen des großen Fingers aus der Ferne mit der Kamera aufnehmen.

Am Freitagnachmittag gab man bekannt, dass die Nachtschicht um vier Uhr morgens enden sollte, damit alle Mitarbeiter während der Sprengung die Firma verlassen hätten.

Ich kam wie gewohnt zur Schicht, verteilte die Aufgaben an die Leute, sah nach allem, was getan werden musste, Öl, Späne, Werkzeug, Werkstücke. Heute war eine Nacht, in der keine Störungen auftraten; es kam mir wie ein kleines Wunder vor, obwohl ich mit den Gedanken ganz woanders war.

Es lief alles glatt, und der Zeiger der Uhr wies auf halb vier, als ich – die Mitarbeiter waren schon ein wenig unruhig geworden – Einhalt gebot. Maschinen aus, Sachen packen und nach dem Duschen die Firma verlassen. Alle trollten sich schnell. Ich blieb zurück und lächelte den Enteilenden rätselhaft nach.

Immer war ich bisher der letzte gewesen, der ging. Immer war es mir genehm, dass meine Leute vor mir die Halle verließen. Dann konnte ich in Ruhe die erreichten Stückzahlen in den Computer eingeben und dann selbst gehen, nach einem letzten Blick in den Pausenraum, ob ich oder ein anderer nicht doch etwas liegen gelassen hatte. Und ständig war ich auch in der Garderobe der

119

Letzte, der noch duschte und sich umzog. - Doch heute Nacht, der Morgen dämmerte bereits, nahm ich mir noch mehr Zeit. Ich brühte mir zunächst einen Kaffee mit der Maschine auf, die wohl einst Laubach gesponsert hatte, Laubach, der über die Jahre hier etwas ergraut war, den ich damals angelernt hatte, der sich und seine Frau über die Runden bringen musste. Ich nahm mir Milch aus dem Kühlschrank, den irgendwer eines Tages anschleppte, damit die Arbeiter an den heißen Tagen im Sommer ihre Getränke kühlen konnten. Dann setzte ich mich und schlürfte entspannt das Gebräu. Dabei fiel mein Blick auf die Wurzelbürste, die vor Jahren Manegold hingehangen hatte. Der Schmutz drang in alle Poren und jeder benutzte sie seit jenem Tag. Auch die Mikrowelle von Ubrecht sah ich jetzt, welcher schon geahnt hatte, dass sich viele etwas Warmes während der langen Schichten aufbereiten wollten, wenn es die Zeit erlaubte. Ich sah den Aschenbecher von Meiser und die Tassen von Stuckart, die dieser für einige mitgebracht hatte.

Ich zündete mir eine Zigarette an und begab mich zum Computer, gab die Stückzahlen dieser abgebrochenen Schicht ein und erhob mich. Ich ging zum Rolltor und lief endlich einmal durch die anderen Abteilungen. Dort war auch schon längst Ruhe eingekehrt; Ich vermutete, dass ich wohl der einzige noch in der Fabrik befindliche Arbeiter war.

Als ich durch die halbdunklen riesigen Räume ging, in denen jeweils nur ein Sparlicht brannte, wurde mir unheimlich. Nichts ist gespenstischer als ein Ort, der ständig von Lärm und Bewegung erfüllt ist und nun plötzlich schweigt. Nur in irgendwelchen Ecken und Winkeln war das leise Zischen von Pressluft oder ein rhythmisches Knacken zu hören.

Längst hätte ich das Fabrikgelände verlassen müssen, doch ich kehrte in meine Halle zurück. Dabei kam ich auf dem Rundgang an der Schlosserei vorüber, an deren Tür ein Vorschlaghammer lehnte. Und am Montag ist er weg, dachte ich und nahm ihn mit.

Im Meisterbüro angekommen, sah ich mich um. Es ging auf halb fünf Uhr. Mein Blick fiel auf Kaminskis Schreibtisch. Alles lag wie üblich wild durcheinander: Bewerbungen, Geldstücke, Werkzeuge, Notizzettel, Urlaubsanträge, leere Flaschen, Kugelschreiber, Textmarker. Vor meinen Augen verschwamm der ganze Kram; ich trat hinzu und fegte mit einer ausholenden Handbewegung die auf dem Tisch befindlichen Utensilien zu Boden. Ich fand einen Putzlappen und wischte die Oberfläche sauber ab. Dann trat ich zurück und sah mich weiter um, die vielen sinnlosen Ordner in den Regalen sondierend. In diesen Blättern waren Dinge vermerkt, die niemanden wirklich interessierten.

Links neben der Tür baumelte ein kleiner Spiegel, in dem ich erschrocken mein Gesicht bemerkte. Ich musste zugeben, dass ich gealtert war. Die vorangegangenen Arbeitsjahre, der ganze Zirkus, das hatte mich unweigerlich mürbe gemacht. Man stellt das eines Tages, sozusagen ganz plötzlich, fest. Man sieht sich täglich im Spiegel, doch gibt es Tage, seltene Tage, da schaut man genauer hin. Denn die Jahre waren dahingerast, man hatte sich für nichts Zeit genommen, der Alltag drückte einem gnadenlos den Stempel auf. Wo waren sie hin, die Jahre?

Ich wollte den Raum verlassen und stieß mit dem Knie gegen den Vorschlaghammer. Lange sah ich das Werkzeug an, bevor ich es aufnahm, damit ausholte und Kaminskis Rechner zerdrosch. Die Plastikteile stoben nach allen Seiten. Dann ging ich mit dem Hammer aus dem Büro und löschte das Licht.

Mir fiel die bevorstehende Sprengung wieder ein. Ich dachte an die Zeit, als ich hier begonnen hatte, an diesen ganzen Unrat, den ich mit Frohbach hier herausgeräumt hatte. Damals zählte die Firma nur neunzig Mitarbeiter, jetzt bewegte sich diese Masse von Individuen im hohen dreistelligen Bereich.

Seither war die Firma expandiert; die Leitung hatte riesige Hallen und Anbauten hochziehen lassen, steril, modern, doch im Prinzip Hohlräume der Unmenschlichkeit, in denen sich die Arbeiter die Lungen versauten, um die Kunden, deren Vertreter in Sakko und Schlips beim Chef ihre Aufwartung machten, zufriedenzustellen.

Der Aufbau eines Systems vollzog sich hier, planvoll, beobachtet und geduldet von noch Höherstehenden, mit einer Hierarchie ausgestattet, die am Ende alle Untergebenen zu auswechselbaren Nummern machte.

Doch hinter dieser Kulisse, hinter den Potemkinschen Dörfern, regnete es durch das Dach in die Hallen hinein, reiften Bakterien im Kühlmittel heran, spendete kein einziger Lüfter im Sommer Kühle und im Winter Wärme; es wurden keine Dämpfe abgesaugt, vieles rostete vor sich hin.

Der alte Schornstein mit den Birkenschösslingen sollte weichen, der symbolhafte Niedergang einer überholten Gesellschaft.

Plötzlich hörte ich das Signal, eine Art Hupe, die Ankündigung der Sprengung. Es war offenbar soweit. Ich näherte mich dem Haupttor und sah durch einen Schlitz hinaus. Die dienstbaren Geister der Bevölkerung, Krankenwagen, Polizei und Feuerwehr, standen in gebührendem Abstand bereit, um einzugreifen. Noch weiter hinten, an der Verladerampe des bogenförmigen Tors, hielten sich unruhige Schaulustige auf, ungeachtet dieser frühen Stunde, um der Zerstörung beizuwohnen. Dann noch ein Hupton, und schließlich ein dumpfes Grollen.

Ich sah den Schornstein in sich zusammenknicken; durch den Schlitz im Rolltor konnte ich erkennen, wie die Birkenschösslinge ins Nichts kippten. Dann krachte die Esse wie in Zeitlupe zu Boden und erzeugte eine gewaltige Staubwolke.

Ich drehte mich um und ging zurück in die Halle. Immer noch hielt ich den Hammer in der rechten Faust, wie ein Urmensch, der sich nie von seiner einzigen Waffe trennen will.

Ich dachte an die vielen Leiharbeiter, auch an alle Festangestellten der anderen Teams, die sich jeden Tag unhaltbare Vorwürfe von der Obrigkeit anhören mussten, ich dachte an deren geringe Bezahlung und an mein vergebliches Bemühen um eine Lohnerhöhung. Ich dachte an die kurzen gehetzten Pausen, an die fehlende Motivation, an die müden grauen Gesichter der Arbeiter, an den winzigen Raum, in dem wir essen mussten. Ich hatte eindeutig den falschen Beruf erlernt. Mein Weg war sozusagen *vorgezeichnet*.

Ich umfasste den Holzgriff des Vorschlaghammers und lief zur ersten Maschine. Ich zerschmetterte den Computer und wusste bereits jetzt in meiner Wut, dass alles keinen Sinn hatte. Dann bearbeitete ich die zweite Maschine mit dem Hammer und danach die dritte. Die erste Bearbeitungslinie war damit lahmgelegt.

Ich ging in die benachbarte Halle und öffnete das Gitter zum Roboter. Ich schlug auf den Arm des Automaten ein und deformierte ihn bis zur Unkenntlichkeit, drosch mit aller Macht auf das unschuldige Gerät ein. Die Anstrengung trieb mir den Schweiß aus den Poren. Nach links und rechts wuchtete ich nun den Hammer in blindem Zorn und steigerte mich hinein in einen Abgrund aus Hass und Verzweiflung, zerschlug die Scheiben, die Spindeln, das Werkzeug, die Ummantelung der Maschine und sah, wie sich die Bleche unter der Gewalt des Hammers nach innen bogen. Danach näherte ich mich den restlichen kleineren Zentren und verfuhr in der gleichen Weise, hinterließ eine Schneise der Verwüstung. Glassplitter knirschten unter meinen Tritten, Plastikstücke flogen mir um die Ohren; ich ignorierte es. Sämtliche Tastaturen waren nun unbrauchbar, ein Weiterarbeiten, eine Aufnahme der Produktion unmöglich, allein durch mein Werk. Der Schaden würde in die Millionen gehen.

Ich warf den Hammer weg, holte meinen Rucksack und wollte zum Duschen gehen. Das war bitter nötig. Doch drehte ich mich plötzlich um und kehrte zur einzigen verschonten Maschine zurück, an der ich damals begonnen hatte, holte aus dem Pausenraum Wasser und versorgte Laubachs Blumen. Sie waren ein außergewöhnlicher bunter Lichtblick in dieser grauen Einöde, die doch von unzähligen schwachsinnigen Idioten bevölkert schien. Ich sah die Gewächse lange an, ging dann in die Umkleide, duschte, zog mich um und entnahm meinem Spind alle Utensilien, die ich in den vergangenen vierzehn Jahren hier gelagert hatte, ließ ihn offen und entfernte mein Namensschild. Ich verzichtete auf das Ausloggen an der Stechuhr und ging ins Freie, bepackt mit den Handtüchern, meiner Wurzelbürste, dem Spindschloss und den Badelatschen. Doch da lief mir Hallmann, der Chef der Qualität, über den Weg und sah mich verwundert an. Ich lächelte und ging meiner Wege.

Ich hatte heute mindestens dreißig Mitarbeiter in die vorübergehende Arbeitslosigkeit katapultiert. Doch ich wusste auch, dass es in dieser Fabrik viele Männer gab, die das Vorgefallene insgeheim freuen würde, dass das Geschehene das Aufbegehren eines Vorreiters sein würde, der gegen die bestehende sogenannte Ordnung dieses Reiches rebelliert hatte. Viele würden sich im Klaren sein, dass sie ihren Job verlieren würden; andererseits wären sie niemals aus dieser Knochenmühle herausgekommen.

Zwei Tage später wurde ich verhaftet. Ich sollte nie wieder etwas von meinen ehemaligen Arbeitskollegen hören. Ich hatte in der Firma keine Freunde gefunden, niemandem meine Adresse mitgeteilt.

Ja, ich hatte wirklich Scheiße gebaut, Ich war durchgedreht. Was hatte ich nur getan? Natürlich fand man heraus, dass ich der Urheber der Zerstörung gewesen war; ein Zeuge hatte mich gesehen. Und nun saß ich hier in dieser Zelle, eine mehrjährige Haftstrafe lag vor mir, bei Sachbeschädigung in diesem Ausmaß nur logisch. Ich wusste nicht, was ich noch denken sollte.

Maschinenstürmerei brachte keinen weiter. Das hätte ich aus der Geschichte lernen sollen.

Die Vergangenheit läuft schnell vor dem inneren Auge ab, danach ist alles leer. Dass mich niemand besuchte, war eher ein Trost als eine Belastung. Ich hatte niemanden informiert von meiner Tat. Ich dachte manchmal an Bracke. Ich wusste, er würde sich für mich schämen. Ich bereute. Und ich dachte an die Zeiten.

Denn seit der deutschen Einheit standen der Geiz, die Gier und der Egoismus im Vordergrund. Während vor der Wende noch allenthalben ein wenig Solidarität, Zusammenhalt und Kameradschaft geherrscht hatten, die aber gerade jetzt vonnöten gewesen wären, trat genau das Gegenteil ein. Jeder bildete einen Panzer um sich, ließ keinen mehr ins Privatleben und teilte auch nichts mehr mit. Man gab keinesfalls ein metaphorisches Stück Kuchen mehr ab, igelte sich ein und raffte, was das Zeug hält.

Früher sagte man Dinge frei heraus, die der Wahrheit entsprachen. Nun wurde geheuchelt, gelogen und an der richtigen Stelle nach dem Munde geredet, um einen Fuß auf das Trittbrett zu bekommen.

Und die Stärken lagen keinesfalls im Verzicht auf den Erwerb gewisser Dinge oder dem Entsagen von Konsum. Man musste und wollte mit einer beispiellosen Sturheit mit dem Kopf durch die Wand. Die Vereinigung hatte ein ganzes Füllhorn schlechter Eigenschaften ausgeschüttet. Schadenfreude feierte fröhliche Urständ wie im Mittelalter. Ja, man weidete sich am Unglück anderer. Und man wurde neidisch, auf den Kollegen, auf den Nachbarn, auf alle. Es wurde gemeckert und geflucht, aber auch gekatzbuckelt und geliebedienert. Wir waren nicht nur die kläglichen Verlierer der Einheit, sondern auch noch denunziatorisch und machtbesessen. Und eines Tages, wenn es zu spät ist, fängt man höchstwahrscheinlich an, dies vielleicht zu bereuen. Doch das Treiben wird weitergehen, hemmungslos und brachial, ohne Rücksicht, bis der Nächste fällt.

Wie schon bemerkt, hauste ich in einer Zweimannzelle. Mein Kamerad, wenn man ihn so nennen konnte, hatte eine frappierende Ähnlichkeit mit Steve Buscemi. Die gleichen hervorquellenden Augen, die schlanke Gestalt, kurzes Haar, fast so wie ich. Fortan war er es auch für mich, denn er hatte nie seinen Namen genannt, ich allerdings auch nicht meinen.

Als ich am ersten Tag in die Zelle trat, lag er auf seinem Bett und las. Er schaute kurz hoch, musterte mich und vertiefte sich wieder in seine Lektüre. Ich ordnete meine mitgebrachten spärlichen Dinge und setzte mich dann ebenfalls auf mein Bett. Schließlich, nachdem ich eine Weile vor mich hingestarrt hatte, nahm ich auch ein Buch, legte mich hin und las. Buscemi lächelte unmerklich, denn ich lugte einmal schnell zu ihm hinüber. Ich glaubte nicht, dass er sich ein lustiges Buch genommen hatte. Nach einer halben Stunde hob er den Kopf und sagte: „Gott sei Dank."

Ich schaute ihn fragend an. „Gott sei Dank, redest du nicht viel. Das spricht für dich." Dann las er weiter. Ich hatte noch kein Wort gesagt. - In der Zelle befanden sich ein Fernseher und ein Radio,

127

unsere verbürgten Rechte. Wir hatten sie kaum genutzt. Alkohol war verboten. Abends bereiteten wir uns Tee und lasen am Tisch. Unser Schweigen war fast ein Wettbewerb, doch ich wusste ohnehin nicht, was ich Buscemi mitteilen sollte.

Doch am zweiten Abend wollte auch ich es brechen und fragte: „Was liest du?" Buscemi sah mich an. „Wer die Nachtigall stört."

„Ach", entfuhr es mir. „So ein alter Schinken."

„Was liest du?" fragte er.

„Das Herz ist ein einsamer Jäger." Und es war das erste Mal, dass ich ihn lachen sah. „Wenn du durch bist, könnten wir tauschen."

„Klar", sagte ich.

Um sechs Uhr wurden wir geweckt. Morgentoilette und Aufräumen der Zelle. Dann kam das Frühstück. Um sieben ging es zur Arbeit; Buscemi arbeitete in der Wäscherei und ich musste in die Werkstatt, Schrauben einsortieren. Den Job hatte er mir besorgt. So vergingen die Wochen und Monate. Alles war eintönig.

Als sich schließlich der Zeitpunkt meiner Entlassung näherte, begann ich wieder, meine verbliebenen Tage zu zählen,

Am letzten Abend richtete Buscemi plötzlich das Wort an mich. „Du hast wegen Sachbeschädigung gesessen?"

„Ja", sagte ich überrascht. „Woher weißt du das?" Er winkte ab. „Das ist nicht so wichtig. Doch weil ich es weiß, erzähl ich dir, was mit mir war. Das ist nun auch dein Recht." Er lächelte müde.

„Ich bin in eine Wohnung gezogen, deren Mieter ruhige Beamte waren. Das hatte ich vorher eruiert. Man will ja nicht die Katze im

Sack kaufen. Wenn ich aus dem Knast entlassen werde, ziehe ich nur noch in das oberste Stockwerk.

Über mir wohnte ein älterer Mann. Er hatte dort seit der Errichtung des Hauses logiert. Doch jetzt war er eben in die Jahre gekommen und kam in ein Seniorenheim. Damit hatte ich nicht gerechnet, denn danach mietete sich ein junger Typ ein, der jedes Wochenende mit seinen Kumpels die Sau rausließ. Das hörte ich mir eine Weile an, sprach mit ihm am Tage auf der Treppe und ermahnte ihn schließlich. Das fruchtete wenig. Ich meldete es der Wohnungsverwaltung, die natürlich nicht reagierte. Dann platzte mir der Kragen. Eines Abends hämmerte ich oben an die Tür, erntete aber nur höhnisches Gelächter. Jedoch wartete ich noch ab.

Schließlich zog ich mir an einem Samstagabend feste Schuhe an, ging hoch, klingelte ein paarmal, nahm dann Anlauf und trat die Tür aus den Angeln. Der Typ stand direkt dahinter. Die Tür traf ihn mit voller Wucht, warf ihn zurück, und er knallte mit dem Kopf auf die Kante eines im Flur befindlichen Schränkchens. Das Weitere erspare ich mir. Er ist gerade noch mit dem Leben davongekommen. Da hatten wir beide Glück."

„Scheiße", sagte ich.

„Und du hast deine Abteilung zerstört."

„Ja, stimmt."

„Das war ja echt irre", sagte Buscemi. Ich lächelte „Ja, das war es wohl." - „Machs besser, wenn du rauskommst. Ich hab auch nicht mehr lange."

Und dann war es soweit. Buscemi sah kurz auf, als ich mich verabschiedete. „Keine langen Reden", sagte er.

„Machs gut", sagte ich.

„Machs gut." Ich wandte mich zur Tür, blickte noch einmal zurück. Er las bereits wieder. Er war vor mir da und würde noch ein Weilchen sitzen. Man weiß nie, ob ein Mensch gut oder schlecht ist. Was er getan hat, hat er eben getan.

Spätsonne

Vor meinem unmittelbaren Haftantritt hatte man mir die Zeit gelassen, meine Mansardenwohnung zu kündigen. Percy Lindenlaub, mein ehemaliger Kollege aus der Entkernung, mit dem ich sporadisch in Verbindung geblieben war, hatte in seinem Hinterhof einen großen Wohncontainer stehen. Darin fanden Partys statt, und vor dem Blechbau grillte er am Wochenende. Ich konnte damals bei ihm einiges unterbringen, zumindest den Fernseher, die Couch und ein paar Schränke. Den Rest hatte der Vermieter entsorgt; in meinem spärlichen Besitz befand sich ohnehin wenig Mobiliar. Ich verbot ihm damals, Bracke davon zu erzählen. Er sei ohnehin nicht mehr so in Verbindung mit ihm, meinte Percy. Und Oliver hätte andere Ziele und käme nicht mal mehr zu seinen Grillabenden. Ich hatte noch die Zeit, bei der Post einen Nachsendeauftrag zu stellen und gab Percys Adresse an. - Jetzt, nach der Haft, fuhr ich zu ihm und eröffnete, dass ich das Zeug bald abholen würde. In meiner Heimatstadt könnte ich nicht mehr bleiben. Vorerst könnte ich in dem Container übernachten. Ich kaufte mir einen Rasierer, neues Zahnputzzeug und ein paar Handtücher. Bei Bedarf konnte ich bei ihm duschen, und glücklicherweise hatte er momentan keine Partnerin. Das alles hätte ihr wohl missfallen.

Tags darauf musste ich auf dem Arbeitsamt vorstellig werden. Ich saß einer Frau mit einer Brille um die Fünfzig gegenüber, mit streng nach hinten gekämmtem Haar. „Sie benötigen eine Arbeitsstelle", sagte sie und fummelte an ihrem Computer.

„Ich werde nicht in dieser Stadt bleiben. Ich werde umziehen", sagte ich. Sie fuhr sofort zurück. „Wie stellen Sie sich das vor?"

„Ich ziehe in eine andere Stadt. Hier werde ich bald bekannt wie ein bunter Hund."

„Wieso?"

„Ich komme aus dem Gefängnis, habe Dinge verzapft, hier. Ich kann nicht bleiben."

„Ach", entfuhr es ihr. „Ich muss Sie jedoch darauf hinweisen, dass an keinem Tag, bis Sie sich in dieser – anderen Stadt – melden, mit finanzieller Unterstützung zu rechnen ist."

„Ich müsste also ab sofort jede Arbeit hier annehmen."

„So ist es", untermauerte sie die Aussage. „Wie ich sehe, waren Sie vor Ihrer Haft in der Metallbranche tätig. Da hätten wir einige Angebote."

„Das kann ich mir denken", sagte ich. „Man kann da jeden Idioten verheizen. Ich habe im Prinzip die Schnauze voll von dieser Branche."

„Mäßigen Sie sich", fauchte sie giftig.

„Ich weiß, Sie tun auch nur Ihr Bestes", sagte ich, „hier, meine vorläufige Adresse." Ich reichte ihr einen Zettel mit der Anschrift von Percy.

Es war Sommer, die Nächte warm, und ich schlief auf meiner Couch, die an der Rückwand des Containers von Percy untergebracht war. Der Fernseher lief nicht mehr; er war in der Zwischenzeit defekt geworden. Ich las im Schein einer kleinen Lampe deshalb wieder Bücher.

Am nächsten Tag kramte ich in seinem Refugium herum und fand einen Autoatlas. Ich schlug ihn auf und sondierte die Regionen der ehemaligen DDR. Dabei fiel mir der Spreewald auf; da war ich noch nie.

Ich hatte etwas Geld von meinem Arbeitspensum aus der Haft, und von meinem Vater war auch noch ein Betrag auf dem Konto. Ich hob genügend Kohle ab. erstmal wollte ich weg, die Freiheit genießen. Danach konnte ich immer noch überlegen, was am besten war.

Ich informierte Percy und startete am nächste Tag mit meinem alten Honda durch, der die ganze Zeit vor Percys Haus gestanden hatte. Die Batterie hatte ich natürlich erneuern müssen. Bald lösten auf meiner Fahrt wieder Kiefern die Eichen und Buchen ab, und ich dachte an früher, als ich mit meinen Eltern im Urlaub weilte. Alles war so vergänglich. Schließlich landete ich in Lübbenau, parkte am Markt und erkundigte mich im Rathaus nach Pensionen. Ich wählte einen malerischen Straßennamen aus und landete an der beschriebenen Adresse,

Eine ältere Frau mit wässrigen Augen, grauem Haar und einer blauen Wickelschürze öffnete mir. Sie musterte mich kurz. „Bei Ihnen ist noch ein Zimmer frei?" fragte ich.

„Jaa", sagte sie gedehnt. „Sie sind allein?"

„Jaa", antwortete ich.

„Kommen Sie herein. Ich habe das hintere Zimmer für Sie. Das andere, größere halte ich immer für meine Stammgäste frei. Die reisen jedes Jahr an." - „Kann ich einige Lebensmittel in Ihrem Kühlschrank unterbringen?" fragte ich.

133

„Ja, aber Sie müssen schon ein Fach übrig lassen für meine anderen Gäste."

Als ich in dem winzigen Schlafraum der Pension meine Sachen ablegte, musste ich konstatieren, dass es hier enger war als in meiner ehemaligen Zelle. Ich ruhte mich ein wenig aus, als ich Autotüren schlagen hörte. Vor dem Fenster fiel mir ein Mercedes mit Düsseldorfer Kennzeichen auf. Im Flur hörte ich die stürmische Begrüßung des angereisten Ehepaars mit der Wickelschürze. Ja, dachte ich, alles klar.

Wir hatten eine Gemeinschaftsküche. Ich wachte am nächsten Morgen auf und vernahm das Lachen der drei. Im Bett zusammengekrümmt wurde ich starr vor Wut und musste mich bezähmen. Eine halbe Stunde später ging ich in die Küche und nahm ein bescheidenes Frühstück zu mir.

Für den Tag nahm ich mir vor, die oft beschriebene Kahnfahrt dieser Region zu unternehmen. Ich erhoffte mir Ruhe und inneren Frieden. Bevor ich an die Anlegestelle gelangte, durchquerte ich erst den Markt mit den unvermeidlichen Spreewälder Gurken aller Geschmacksrichtungen und Größen. Ich nahm dann in dem Kahn Platz, der über zwanzig Personen fasste und setzte mich an eine Seite mit Blick aufs Wasser.

Der Kahnführer stakte uns dann durch die verschiedenen verzweigten Kanäle, und ich war erstaunt über die Vielfalt der Bäume und Pflanzen. Mir gegenüber saß ein junges Ehepaar mit zwei kleinen Kindern. Nach einer Viertelstunde begann der Junge des Paars zu quengeln. Auch sein Schwesterchen, auf die Sitzbank befohlen, greinte schließlich. Ja, Kinder haben

Bewegungsdrang, doch mir schien, mehr als früher. Ich konzentrierte mich auf die herabhängenden Zweige der Bäume am Ufer. Die Sonne schien durch das Blattwerk und malte auf die Oberfläche des Wassers ihre Zeichen.

Ich blieb sehr lange in der Umgebung der Anlegestelle. Als die Sonne sank, fuhr ich mit dem Wagen in eine Seitenstraße, ging auf den kleinen Marktplatz, stieg aus und setzte mich auf eine Bank. Ich wollte jetzt noch nicht in meine Unterkunft zurückkehren und genoss die Ruhe des Ortes. Dem mitgeführten Rucksack entnahm ich Brötchen und Wurst. Der Markt leerte sich allmählich. Es wurde dunkel.

Ich hatte die drei Jugendlichen zu spät bemerkt, die mich plötzlich umringten. Basecap, kurze Hosen, die Arme und Beine mit lächerlichen Tattoos übersät. Ich würde keine Chance haben, ihnen zu entkommen. Der Fersenbeinbruch... Ich konnte nicht mehr so sprinten wie früher. „Was treibst du denn hier?" fragte einer. Mir war klar, dass hier eine Diskussion zu nichts führen würde. Aber ich wollte wenigstens sarkastisch sein und nicht kleinlaut. „Urlaub", sagte ich.

„Hast du Geld dabei?" fragte ein anderer.

„Hab ich heute alles ausgegeben. Aber ich hab noch ein Brötchen im Rucksack."

„Willst du uns verarschen?" fragte der erste.

„Mitnichten."

„Was heißt mitnichten?"

„Das Wort versteht ihr wohl nicht, ihr Leuchten der Grammatik?"

„Halt dein Maul!" sagte der andere und nahm meinen Rucksack.

Er wühlte darin und fand darin doch nur das besagte übrige Brötchen. „Du bist 'n Obdachloser, stimmt's?"

„Nein, ich arbeite. Und ihr, habt ihr einen Abschluss?"

Die drei sahen sich an und lachten. „Am besten, wir polieren wir jetzt die Fresse."

„Ihr habt natürlich keinen Abschluss", presste ich hervor. „Das sind die Stützen der Wirtschaft von morgen..."

Einer von ihnen hatte jetzt den Disput satt und zerrte mich von der Bank. Doch diesmal hatte ich Glück. Als ich meinen Kopf nach rechts drehte, um mich vor einem Schlag zu schützen, sah ich, wie ein Polizeiwagen auf den Marktplatz einbog. „Hierher!" schrie ich. Die drei ließen augenblicklich von mir ab und stoben davon. Die Polizisten überprüften meine Papiere, nachdem ich ihnen den Vorfall geschildert hatte und gaben mir zu verstehen, dass ich mich in meine Unterkunft begeben solle. Keiner machte Anstalten, die Aufrührer zu verfolgen. Ich fuhr zur Pension, trank noch ein Bier, das ich im Kühlschrank deponiert hatte und ging früh schlafen. Mein Entschluss stand fest.

Am darauffolgenden Morgen frühstückte ich allein, nachdem die Düsseldorfer mit der Wirtin ihr Mahl beendet hatten. Ich spülte den Teller und die Tasse ab und blieb noch ein wenig sitzen. Die Westler waren bereits mit ihrem Mercedes zum Tagesausflug gestartet. Dann öffnete sich die Küchentür, und die Wickelschürze beehrte mich. Ich erhob mich und legte das Geld für die verbrachten Nächte auf den Tisch. „Ich werde abreisen."

„Jetzt schon?"

„Ja."

„Gefällt es Ihnen hier nicht?"

„Nein, es gefällt mir hier nicht. Meine Sachen im Kühlschrank müssen nicht verderben, ich lasse sie da, Sie können sie noch verbrauchen."

„Nun, dann reisen Sie ab, wenn's denn sein muss", sagte die graue Wölfin und begann, den Kühlschrank auszuräumen. Eine halbe grüne Gurke, zwei Tomaten und ein Glas Marmelade warf sie in den Mülleimer. Dann steckte sie mein Geld in die Schürzentasche.

„Danke für die Gastfreundschaft", sagte ich, sah den Mülleimer an und dann sie. Die Graue lächelte säuerlich. Ich schloss die Küchentür hinter mir und machte mich an die Heimfahrt.

Mir blieb keine Wahl. Als ich zurückkehrte, warf mir Percy ein Angebot des Arbeitsamts hin. Ich sollte mich am darauffolgenden Montag in einer Firma einfinden, die auch wieder Metall verarbeitete. Natürlich, ich hatte ja nichts anderes gelernt. Percy meinte: „Adrian, du müsstest dir nun endlich eine Wohnung suchen. Es wird Herbst. So kann das nicht ewig weitergehen."

„Ja, ich weiß, du hast ja recht."

So machte ich mich zunächst erneut auf den Weg, mit einem Spindschloss, Badeschuhen, in der Hoffnung, dass ich mich dort duschen konnte, und den üblichen Utensilien, die erforderlich sind. Die Firma lag in einem Gewerbegebiet in einem zehn Kilometer entfernten Nachbarort. Sie musste erst kürzlich gegründet worden sein, denn alles machte einen sterilen, blitzblanken Eindruck.

Die kleine Halle der Zerspanung barg vier Maschinen. Und mein neuer Meister schien schlimmer als Kaminski, an den ich mich erinnerte. Dieser hier hieß Gellert, war vielleicht Mitte Dreißig, hatte kurzes Haar, eine sportliche Figur und zeigte auch mir den eisernen Besen, der kehren würde.

Doch Format besaß er keinesfalls. Er reparierte nicht, er ließ reparieren. Er konnte kein Werkzeug wechseln, ein anderer musste es tun. Er besaß nicht einmal den Staplerschein, eine notwendige Voraussetzung. Irgendjemand fuhr für ihn. Und an den Maschinen erklärte ihm ein Mitarbeiter, welche Knöpfe gedrückt werden sollten.

Ein neuer Typus Meister war hier geboren worden, der sämtliche Tätigkeiten delegierte. Gellert schrieb lediglich Schichtpläne, die er überdies dreimal täglich änderte. Ich dachte wieder an Kaminski, der in meiner ehemaligen Bude oft bis siebzehn Uhr geblieben war, doch Gellert verließ die Werkstatt meist vor fünfzehn Uhr. Er tauchte zeitig auf, denn er war ein Kontrollfreak, morgens um sechs, manchmal noch früher, doch ging er stets so zeitig wie möglich.

Doch eins konnte er ausgezeichnet , belehren, und fühlte sich als Herrscher in einem kleinen Fürstentum.

Auch hier spuckten die Maschinen unaufhörlich Werkstücke aus, in einem immer sich wiederholenden Takt. Man musste in der Schicht eine bestimmte vorgeschriebene Anzahl produzieren. Dabei war es einerlei, ob man auf die Uhr schaute oder auf den Bildschirm, der die Stückzahl anzeigte. Sah ich zur Uhr, wusste ich, wieviel Teile ich hergestellt hatte; sah ich auf den Bildschirm, wusste ich, wie spät es war. Ich fragte mich oft erneut, wieso Menschen eine derartig sinnentleerte Arbeit ausführen können. Am meisten brachte mich auf, dass Gellert uns alle für Idioten hielt, weil er den Meisterbrief besaß. Meinen Kollegen war es einerlei; das typische Anbiedern hielt wieder Einzug.

Es vergingen keine zwei Monate, als unsere kleine Abteilung pulverisiert wurde. Ein Verantwortlicher hatte es verschlafen, den Vertrag zu verlängern, und in dieser Branche wird eine Unterlassung gnadenlos bestraft. Wir konnten nicht mehr fertigen. Mir wurde bewusst, dass ich selbst einmal eine ganze Produktionslinie lahmgelegt hatte, und ich hielt mich zurück.

Hier lag der Fall anders. Die Maschinen standen noch, und wir wurden wenigstens innerhalb der Firma versetzt.

Meine neue Aufgabe bestand darin, Werkstücke zu zersägen, die später auf innere Beschädigungen untersucht werden sollten. So weit, so gut. Doch die zwei Sägemaschinen hatten es in sich. Zunächst wiesen sie ein unbeschreibliches Alter auf. Auf dem Schild stand *Made in West Germany*. Die größere Maschine sägte schief, die kleinere zwar gerade, aber das bedeutete, dass man auf der kleineren keine großen Werkstücke zersägen konnte und auf der größeren keine geraden.

Ich teilte diesen Umstand dem Teamleiter mit, der ihm schon lange bekannt war. Er überlegte, nickte zustimmend und erklärte dann, dass man ohnehin vorhätte, die Maschinen in eine Nebenhalle zu versetzen. Mir entging völlig die Logik dieses Vorhabens, denn dort würde die Größere ebenso schief sägen und die Kleinere würde dadurch nicht größer. - Die Maschinen arbeiteten entsetzlich langsam, und ich hatte Zeit, mich der Umgebung zu widmen. Auch hier gab es viele Verantwortliche und Leiter, die ständig in Berufskitteln vorübergingen, in irgendwelche Gitterboxen sahen, Werkstücke berührten und anschließend weiterliefen. Mir war es schleierhaft, welche Erkenntnisse sie daraus ableiteten. Es kam vor, dass der selbe Kittelträger zehnmal am Tag in die selbe Gitterbox sah und das selbe Werkstück untersuchte, um mit den selben Schlüssen davonzuziehen. Mir wurde nicht klar, wieso die Faulheit die Mutter des Fortschritts sein konnte. Und ich hatte den leisen Verdacht, dass hier ein zählebiger Prozess vor sich ging, um ein Unternehmen in den Ruin zu treiben, nicht so wie ich es getan hatte, sondern eben langsam. Ich hoffte nur, dass es einem noch höher gestellten Kittelträger einmal auffallen und man einen Firmenberater ins Haus locken könnte, dem das zum Anlass genügte, die Belegschaft auszudünnen. Mindestens zehn Mann waren mit der Arbeitsvorbereitung beschäftigt, und nur zwei fertigten tatsächlich.

Zwei- bis dreimal in der Woche versammelten sich gegenüber den Sägen neun Verantwortliche der verschiedenen Abteilungen, die alle mit der Fertigung der Rohteile zu tun hatten und begutachteten sie. Die Werkstücke waren in der Firma gegossen und ausgesondert worden und lagerten auf einem robusten Tisch. Der Oberguru erklärte, wies auf bestimmte Merkmale und gab Anweisungen an die Umstehenden. Da sich alle um ihn scharten, konnten die Hinteren ihn nur hören und nicht sehen, worauf er sich bezog. Ein anderer beobachtete mich ständig und verfolgte mein Tun an den Sägen. Und immer meldete sich das Handy des gleichen Teilnehmer dieses Treffens während der Beratung, und er sprach sehr lange mit dem Anrufer. Dann war die Sondierung der Teile zu Ende; alle entfernten sich, und das Schichtende stand nahe.

Später erzählte mir ein schon länger hier Beschäftigter, dass diese suboptimalen Träger des Unternehmens schon seit vielen Jahren dieser zweifelhaften Methode frönten und eventuelle Probleme schlicht der Hälfte der Anwesenden einerlei war. Man ging ohnehin immer mit denselben Lösungsansätzen nach Hause, und Tage später wiederholte sich das Ganze. Im Prinzip hörte fast keiner mehr der ewigen Litanei des Obergurus zu.

Ich wusste wieder, wo ich gelandet war, im Strandgut des Lebens, im Schmelztiegel der hirnlosen Existenzen. -

Nach ein paar Wochen wurde es tatsächlich kühler, auch das Verhalten von Percy. Ich wusste nicht, was ich tun sollte. Ich war zu faul und schob den Dreischichtbetrieb in der Firma vor, um die leidige Wohnungsfrage zu klären. Percy hatte Internetzugang, doch mir sagte keine Bude zu, und hierbleiben wollte ich auch nicht. Und ich fand nichts Passendes, denn mit jedem Kilometer weiter fort hätte ich einen längeren Arbeitsweg.

Dann kam der Tag, an dem er eine Frau mit nach Hause schleppte, und ich wusste, es war vorbei. Völlig verzweifelt packte ich am anderen Morgen mein Zahnputzzeug, eine Thermoskanne und zumindest ein paar Sachen ein und sicherte Percy zu, jetzt mache ich Nägel mit Köpfen. In Wirklichkeit

141

wusste ich gar nichts. Ich startete den Honda und fuhr ins Erzgebirge.

Ein irrsinniger Gedanke war mir ins Hirn gekommen. Während der Fahrt warf ich mir Blödheit vor und hatte keine Ahnung, was mich erwarten könnte. Wie würde meine Mutter reagieren, wenn ein Versager auftauchte, ihr Sohn? Sie war jetzt fünfundsiebzig und ahnungslos. Wie sollte ich mich ihr gegenüber verhalten?

Ich fand aus der Erinnerung mühelos die Örtlichkeit wieder, an der ich früher gerackert hatte. Das alte Lagerhaus, die ehemalige Abfüllstation in der Kurve, stand jedoch nicht mehr. Ich erkannte es kaum wieder. Die Wiese, die sich vor dem Gebäude befand, die kleine Senke, waren noch vorhanden. Aber eine Sparkasse schien dort wie aus dem Boden gestampft worden zu sein.

Wieder fuhr ich langsam die Dorfstraße entlang und suchte das Anwesen meiner Mutter. Die schmucken Einfamilienhäuser gab es hier noch. Ich begann wieder, die Namensschilder zu lesen, doch ich fand die Namen Gregorek/Hofler nicht. Schließlich parkte ich vor einem Grundstück und lief ziellos umher, bis ein Anwohner, dem ich aufgefallen war, an den Zaun kam.

„Zu wem wollen Sie denn?" fragte er.

„Zu Gregorek und Hofler."

„Sind Sie...?" „Ein Verwandter", sagte ich. „Also, die Gregoreks sind vor sieben oder acht Jahren rübergezogen, in den Schwarzwald. Der Alfred hat da eine Schwester. Das tut mir leid." Ich war maßlos enttäuscht. Die Älteren machten ihr Ding mit Spannkraft und Enthusiasmus. „Den Seinen gibt's der Herr im Schlaf", entfuhr es mir.

„Wie bitte?" - „Ach, nichts. Danke für die Auskunft."

Der Mann schüttelte sein ergrautes Haupt. Ich setzte mich in den Wagen und machte mich auf den Rückweg. Während ich fuhr, gingen mir alle möglichen Gedanken durch den Kopf. Die Landschaft zog an mir vorüber wie eine Traumsequenz. Wiesen wechselten sich mit dunklen Waldstücken ab. Talwärts rollte der Wagen in verträumte Dörfer mit unzähligen aneinandergereihten Einfamilienhäusern mit großen Vorgärten. Ältere Frauen verbrachten Grünzeug in Abfallbehälter, greise Männer strichen Zäune. Es war Samstag.

Ich fragte mich, wie man das heuer schaffen konnte, sich so etwas zu leisten. Gab es hier Hunderte von Holzschnitzern, oder standen die Besitzer auf den Knochen von Verstorbenen, wie es einst *Wolf Larsen* dem begüterten *Humphrey van Weyden* vorgeworfen hatte. Was mich verwunderte, ich sah keine Kinder. Hier herrschte Frieden, Ruhe. Was hatte ich falsch gemacht?

Ich parkte vor einer Imbissbude in einer größeren Ortschaft, trank einen Kaffee und würgte ein Baguette herunter. Dann fiel mein Blick auf das Bier; der Betreiber verkaufte tatsächlich Bier. Ich nahm vier Flaschen mit und setzte die Fahrt fort.

Schließlich kehrte ich in heimatlichere Gefilde zurück und nahm eine Landstraße, die ich von früher kannte. Eine grasbewachsene Wiese, die auf ihrer Anhöhe von einer riesigen Linde gekrönt wurde, zog mich in ihren Bann. Ich röhrte den Feldweg empor, parkte den Wagen oben und stieg aus.

Ich lehnte mich an den Stamm des Baum und öffnete das erste Bier. In der Ferne konnte ich die Ausläufer des Erzgebirges erkennen, die im Dunst versanken. Meine Zukunft schien genauso im Nebel wie die Vergangenheit. War das hier ein seltener Glücksmoment? Oder nur die Abwesenheit jeglicher Pein? Ich wusste es nicht.

Ich schlief im Wagen. Gegen sieben weckte mich die merkwürdige Kälte, die morgens unweigerlich auch im Spätsommer heraufkriecht. Ich fühlte mich beschissen und fuhr zurück. In unserem örtlichen Stadtbad bezahlte ich Eintritt, duschte mich, putzte mir die Zähne; ich hatte alles dabei, und ich schwamm ein paar Bahnen. Im Markt kaufte ich Knackwurst, Brötchen und zog im Automat zwei Kaffee, die ich mir in meine Thermoskanne füllte. Ich konnte mich zu nichts entschließen, blieb lange im Wagen sitzen und schaute den vorübereilenden Passanten zu. Sie alle hatten ein Ziel. Es wurde Mittag und ich verzehrte meine Wurst. Zu Percy wollte ich jetzt um keinen Preis. Manchmal hatte ich das Grab eines Freundes aus Kindertagen aufgesucht. Mir fiel nichts anderes ein, als wiederum dieses morbide Ritual zu vollziehen. Wollte ich etwa bei den Verstorbenen Trost suchen?

Ich war schon viele Jahre nicht mehr hiergewesen; das Leben hatte mich in andere Bahnen gelenkt. Das wurde mir brutal klar, als ich sein Grab aufzufinden hoffte. Natürlich, das fiel mir ein, wurden Ruhestätten nach ungefähr fünfundzwanzig Jahren wieder eingeebnet. Deshalb irrte ich vergeblich umher.

Doch am Grab meines Vaters, das ich immer noch selbst versorgte, blieb ich stehen. Es lag viel weiter hinten auf einer Fläche, die man nicht unter Bäumen und Büschen angelegt hatte, sondern auf einer freien Ebene. - Hätte mein Vater diese Welt, in der ich jetzt lebte, verstanden? Ich konnte nur vermuten, dass er den Kopf geschüttelt hätte und es damit bewenden lassen. Keine Weisheit wäre überdies von den Alten gekommen. Sie wären in ratloser Unentschlossenheit versunken. Früher war ja alles anders.

Als ich so sinnierte, nahm ich ungefähr zwanzig Meter neben mir eine Frau wahr, die ebenfalls an einer Grabstelle verharrte. Sie war von schlanker Gestalt, hatte dunkles Haar, das ihr bis über die Schultern fiel, trug Jeans und ganz unüblich ein weißes Hemd. Ich beobachtete sie eine Zeitlang, denn an dieser Stätte der Trauer war sie schon eine außergewöhnliche Erscheinung. Auch sie blickte ab und zu scheu herüber, Ich näherte mich der Frau; sie mochte Ende Vierzig sein, aber sie wirkte, wie man so sagt, anziehend. „Hallo", sagte ich.

„Hallo", sagte auch sie und ließ kurz ihren Blick über mein Äußeres schweifen. Es war kein Blick des Abschätzens, eher ein Überlegen, eine Vorbereitung auf das, was kommen könnte.

Ich sah auf den Grabstein: Helmut Fahrenholz, Gisela Fahrenholz.

„Ihre Eltern?" fragte ich.

„Ja", sagte sie. „Und Sie, wo waren Sie?"

„Mein Vater", sagte ich. „Er starb vor über zwanzig Jahren."

Sie schüttelte nachdenklich den Kopf. „Es ist lange her", setzte ich hinzu, „aber Ihre Eltern, das ist doch, also 1977, Sie müssen doch unwahrscheinlich jung gewesen sein, und dann noch beide..."

„Ja, ich war fünfzehn. Es war ein Unfall."

„Sie müssen nicht drüber reden. Ich will Sie nicht aushorchen."

„Kein Problem", sagte sie. „Wer über Verstorbene spricht, erweckt sie zu neuem Leben."

Etwas ermutigt, fiel mir meine Thermoskanne Kaffee ein, die ich in einem Beutel mitgenommen hatte. „Setzen wir uns doch", sagte ich und wies auf eine Bank am Rand des Hauptwegs. „Wenn Sie einverstanden sind. Ich habe etwas Kaffee mit."

Sie lächelte, und wir nahmen Platz. Ich füllte den Verschluss für sie. „Erzählen Sie. Was ist passiert?"

Sie schaute über die Ebene. „Sie waren unterwegs zu meiner Tante, die in einem Krankenhaus lag. Ein Anruf des Arztes an einem Abend erregte ihre Besorgnis. Es stand nicht gut um meine Tante. Sie fuhren sofort los, Richtung Leipzig. Und in einer Kurve flogen sie raus und prallten gegen einen Baum."

„Scheiße", sagte ich, denn ich hasste die Floskel *Es tut mir leid.*

Sie reichte mir den Verschluss der Kanne. „Trinken Sie auch was." Sie sah mich lange an; sie hatte braune Augen und schien in meinem Gesicht zu forschen. Ich war etwas überwältigt vom Interesse dieser schönen Frau. „Zwei Wochen später", sagte sie, „hatte meine Tante die Krankheit überstanden. Sie hat sich dann um mich gekümmert. Das Grab meiner Eltern hielt sie in Pflege, bis sie vor fünfzehn Jahren auch verstarb. Seitdem kümmere ich mich darum. So ist das Leben. Aber erzählen Sie doch mal von sich."

„Da gibt es nichts zu erzählen."

„Ist es so langweilig?" fragte sie.

„Ja", sagte ich. „Das glaube ich nicht. Jeder, der so etwas sagt, hat gerade ein interessantes Leben."

Ich schätzte mich als durchschnittlichen Typen ein und fragte mich, warum sie das Gespräch mit mir suchte. Durch den Kaffee belebt, sagte ich einfach: „Ich war mal im Knast."

Doch das schien diese Frau nicht zu überraschen. Sie überlegte.

„Ich war viele Jahre in einem Metall verarbeitenden Betrieb beschäftigt", sprach ich weiter. „Dann habe ich die Maschinen zertrümmert."

„Scheiße", sagte sie nun und lächelte bekümmert. „Ein Fehler."

„Ja, sagte ich. „Nun, ich bin jetzt auf einem geraden Weg. Ich arbeite wieder. Das ist noch gar nicht so lange her."

Sie hing erneut mit ihren Blicken merkwürdig an meinen Lippen, als würde sie sich mühen, die Worte genau zu verstehen.

„Was ist?" fragte ich.

„Ach, nichts. Ich höre nur zu."

„Aber, aber es muss doch etwas sein!" sagte ich.

Mit einemmal fuhr sie auf. „Was, was haben Sie da gesagt?"

„Was meinen Sie?"

„Sie sagten eben so einen Satz."

Ich schüttelte den Kopf. „Ich – ich habe gesagt: Aber da muss doch etwas sein."

„Ja, ja, genau..." Sie starrte mich plötzlich wie einen Geist an und öffnete leicht den Mund. „Heißt du - Adrian?"

Jetzt konnte ich die Situation nicht mehr begreifen. Ich sah sie an, ihr dunkles Haar fiel ihr über die Schultern, und ganz langsam kam die Erinnerung zurück. „Ulrike?" fragte ich mit

mit stockender Stimme. - Ja", sagte sie und nickte heftig.

„Mein Gott, das ist vierzig Jahre her. Das glaub ich jetzt nicht."

Ich rückte ein wenig näher zu ihr, legte meinen Arm um sie und lachte. „Ulrike, du bist aber eine schöne Frau geworden."

„Danke", sagte sie verlegen, ganz so wie früher.

„Erzähl doch mal. Was hast du in dieser schrecklichen Lage gemacht?"

„Ach, das ist eine lange Geschichte."

„Ich habe Zeit", sagte ich. Sie schüttelte den Kopf. „Es ist viel passiert, Adrian. Es fällt mir schwer, darüber zu reden."

Ich nickte. „Man hat es nicht leicht. Mensch, Ulrike, das gibt es nicht. Das müssen wir feiern."

„Ich freu mich ja auch, aber na ja." Sie wirkte unsicher und nachdenklich.

„Wohnst du hier noch in der Stadt?" fragte ich.

„Ja, nicht weit von hier."

„Schon lange? Ihr seid doch damals weggezogen."

„Aber nur vielleicht zwei Kilometer entfernt von der alten Wohnung. Es war einfach zu weit, um zu dir in diese Straße zurückzukehren. Und so haben wir uns nicht wieder gesehen."

„Hast du danach noch an mich gedacht? Ich schon an dich."

„Ja, natürlich." Sie lächelte und sah mich aus ihren braunen Augen an. „Das hat weh getan. Aber was kann man tun?"

„Und hier treffen wir uns wieder, das ist echt verrückt." Ich schaute mich um. Die Dämmerung war hereingebrochen. „Es wird schon langsam dunkel. Bist du mit dem Wagen da?"

„Nein, ich bin zu Fuß."

„Ach, sag mal, bist du eigentlich verheiratet? Ich nicht."

„Ich auch nicht." Sie verzog etwas bekümmert den Mund.

„Hast du Kinder?"

Sie sagte nichts und sah plötzlich auf die Uhr. „Es ist spät geworden, ich muss gehen."

Schließlich erhob ich mich. „Kann ich dich nach Hause begleiten? Zeig mir doch mal dein Heim."

Wieder wirkte sie angespannt und unkonzentriert. „Na ja, gut. Du kannst ja ein Stück mitkommen." Wir brachen auf und liefen nebeneinander her. Doch in diesem Moment schwappte ein letzter Sonnenstrahl über den Horizont, warf einen brandroten Schleier und ließ die Gräber in einem gleißenden Licht aufleuchten. Wir blieben stehen, bis erste Schatten die Steine übertünchten. Unsere Blicke trafen sich

Ich hakte sie unter und war glücklich, mit ihr durch die abendlichen Straßen zu gehen. „Arbeitest du?" fragte ich. „Ja", sagte sie und schien sehr nervös. „Ich bin Verkäuferin."

„Ulrike, was hast du nur?" Ich war beunruhigt.

„Ach nichts." Sie schüttelte den Kopf. „Nur ein paar Sorgen."

Es dauerte nicht lange. „Hier ist es", sagte Ulrike und zeigte auf den zweiten Stock eines Hauses. Wir blieben stehen. Sie zuckte ein wenig zusammen. Ich sah sie an. „Da brennt Licht" stellte ich fest.

„Oh, ich hab wohl vergessen, es auszumachen." Ich nickte und dachte, dass sie ihre Wohnung doch wohl verlassen hatte, als noch Tageslicht herrschte. „Du willst nicht, dass ich mit hochkomme?" Sie zögerte, wirkte unschlüssig. Ich senkte den

Kopf und starrte auf den Fußweg. „Schade", sagte ich, „aber vielleicht ein anderes Mal? Ich freu mich so." Sie überlegte, lange, dann sagte sie: „Ja. Ein anderes Mal. Ich bin müde," Sie schloss die Haustür auf und winkte mir noch kurz.

Das Ganze versetzte mich in Unruhe. Ich sah noch eine Zeitlang nach oben und rauchte eine Zigarette. Dann gab ich mir einen Ruck und ging in Ulrikes Haus. Es war eine alte schwere Tür, die nicht von allein zufiel, und ich klopfte oben bei Fahrenholz. Ulrike öffnete und hatte wohl einen anderen Besucher erwartet. Als sie mich sah, gefroren ihre Gesichtszüge. Sie atmete etwas schwer. „So können wir heute nicht auseinandergehen", sagte ich. Sie überlegte wieder, dann sagte sie schroff: „Na gut, komm rein." Sie ließ mich vorangehen.

Ihr Wohnzimmer war liebevoll und dekorativ eingerichtet. Und auf der Couch, die mit einer weißen Felldecke drapiert war, saß eine junge Frau. „Setz dich doch", sagte Ulrike und sah zur Seite.

Die Gesichtszüge der jungen Frau entgleisten kurz, und sie lallte ein „Hal-lo." Dabei zuckten unentwegt ihre Schultern. Da begriff ich.

„Hallo", sagte ich und sah Ulrike an. Mir schossen die Tränen in die Augen. „Du, du hast eine Tochter – und – und sagst es mir nicht. Denkst du, ich habe hier irgendwie Vorurteile oder dass mich irgendetwas stört. Ich hab auch genug durch im Leben..."

Ulrike nahm mich bei den Schultern und fing jetzt selbst an zu weinen. „Nein, ich hatte nur – du weißt, dass das alles nicht schön ist. Aber..."

„Hör zu, Ulrike. Ich bin so froh gewesen, dich wiederzutreffen.

Doch du kannst dich nicht verstecken und auch sonst niemanden."

Wir setzten uns ebenfalls auf die Couch. Ulrikes Tochter blickte verständnislos.

„Alles in Ordnung, Sarah", sagte Ulrike. „Es ist ein alter Freund."

„Wa- warum weinst du?"

„Es ist das Wiedersehen."

„Ulrike, hast du einen Schnaps?" fragte ich. „Aber klar." Sie schien schon etwas beruhigter.

„Man sollte sich nicht schämen", sagte ich. „Klar, du kanntest mich nur von früher, aber trotzdem. Ich bin nicht so. Du solltest stolz sein auf deine Tochter. Du hast wenigstens jemanden." Ich senkte den Kopf. Ulrike umarmte mich. „Es ist schon gut. Ich hab nicht mal nach dir gefragt. Ich hatte eben Angst."

„Die brauchst du nicht zu haben. Ich bin ja da. Ich bin angekommen." Auch sie lächelte nun wieder und füllte zwei Gläser mit Whisky.

„Erzähl doch mal, wie es dir nach dem Unfall deiner Eltern ergangen ist."

„Moment," Sie erhob sich. „Sarah, es ist Zeit. Du kannst noch etwas fernsehen." Sie begleitete ihre Tochter ins Badezimmer. „Zähne putzen, ja? Wir machen leise." Als Sarah in ihr Zimmer gegangen war, sah mir Ulrike in die Augen, und wir stießen an.

„Nun, meine Tante nahm mich in Ziehe", begann sie. „Ich machte die Schule mit Ach und Krach fertig. Aber eine Lehrstelle fand ich nicht. An allem hatte ich was auszusetzen, und meine Tante konnte mir in dieser Hinsicht auch nicht helfen. Der Tod meiner

Eltern hatte mich natürlich voll getroffen. Ich habe das lange nicht verwunden. Ja, und dann nahm ich Hilfsarbeiten an, Küche, Reinigungsdienste und so was. Ich rutschte ab. Ich verlotterte und hatte auch falschen Umgang. Mein Vater war Fotograf und meine Mutter Technische Zeichnerin. Damit konnte ich mich nicht anfreunden; ich hatte kein Faible dafür, keine entsprechenden Noten und keinen Lehrabschluss. Da kann man nichts tun. Dann verstarb meine Tante. Die Wohnung konnte ich behalten. Dann kam die Wende, und alles wurde noch schlimmer. Dann fängt einen keiner mehr auf. Ich kannte von früher aus meiner Clique einen Kerl, der dann in meine Einraumwohnung zog. Von dem bekam ich Sarah. Aber er hat sich bald verkrümelt. Und dann stand ich da. Erst spät, als sie drei war, fand man heraus, dass Sarah behindert ist."

„Hat er Alimente gezahlt?"

„Ich weiß nicht, wo er war. Ist mir auch egal gewesen."

„Du bist keine andere Bindung mehr eingegangen?"

„Nein, ich hatte genug."

„Traurige Sache", sagte ich. „Und jetzt? Du bist Verkäuferin. Nun, kommt ihr zurecht?"

„Es geht so. Wir können keine großen Sprünge machen. Aber was hast du so getrieben?"

„Wie gesagt, nachdem ich die Abteilung zertrümmert hatte, ging ich ins Gefängnis. Und jetzt habe ich im Prinzip keine Wohnung mehr. Ich hatte sie vorher aufgegeben."

„Du bist obdachlos?" fragte Ulrike entsetzt.

„Nun, ich bin bei einem Kumpel untergekrochen. Aber er wird

schon langsam unwirsch, was ich verstehen kann. Ich muss da raus." Sie wischte sich über die Wangen, ging in die Küche und brühte Kaffee. „Auch einen?"

„Klar."

Aus dem Zimmer Sarahs hörte ich leise das Geräusch des Fernsehers. Als ich Ulrike in der Küche beobachtete, kam mir zu Bewusstsein, dass ich mich hier wie zu Hause fühlte, nicht wie ein Umhergestoßener. Als sie zurückkam und die Tassen auf den Tisch stellte, sich dann setzte, nahm ich ihre Hände. „Ist das nicht verrückt? Vierzig Jahre, und dann trifft man sich auf einem Friedhof. Dort, wo alles endet."

„Ja, verrückt", sagte Ulrike. „Weißt du", sagte ich, „wir haben so lange nahe beieinander gewohnt, es nicht gewusst und haben uns nie gesehen. Wahrscheinlich sind wir schon mehrmals achtlos aneinander vorbeigelaufen. Ein kleiner Zufall hätte uns eher zusammenführen können."

„Ja, aber es war eben jetzt, heute."

„Warst du mal in unserer Straße, irgendwann?" fragte ich übergangslos.

„Nein, das hatte ich in meinem Herzen eingeschlossen."

Ich nickte und lächelte. Dann versank ich im Nachdenken und trank vom Kaffee. „Was hast du?" fragte sie.

„Ich hab nur gegrübelt über mein Leben. Ich habe Mist gebaut, weil ich anders war als die andern. Ich hätte so sein sollen wie die alle." Ich machte eine unbestimmte Geste.

„Nein, bleib so. Du bist vielleicht einen Schritt zu weit gegangen, aber das ist besser, als nichts zu tun." Sie sah mich wieder eindringlich mit ihren braunen Augen an. „Jetzt hast du diesen Ausdruck im Gesicht wie damals."

„Was meinst du?"

„Als ich am Zaun war, Adrian. Als ich weggerannt bin. Ja, du bist es noch. Komm bei mir unter", sagte Ulrike plötzlich.

„Im Ernst?"

„Warum nicht?" Ihr Körper schien sich zu straffen. Diesmal fasste sie energisch meine Hände. „Ja. Wenn du willst, kannst du bei mir unterkommen."

„Ich will das nicht ausnutzen. Es ist schon ein Wunder, dass wir uns heute begegnet sind. Aber wenn du meinst... Es wird nicht für lange sein. Ich such mir was."

Ulrike lächelte. „Das hat Zeit. Dann bring deine Sachen her."

„Ich weiß nicht. Ich – ich glaub das alles nicht." „Gib dir einen Ruck. Es muss doch weitergehen." Ich sah Ulrike an. „Komm mal her." Ich erhob mich und fasste sie bei den Schultern. Sie stand ebenfalls auf, und ich drückte sie an mich. Ein Schluchzen entrang sich mir. Ich spürte ihren zerbrechlichen Körper und dachte an die Zeit vor vierzig Jahren.

Am darauffolgenden Montag entlieh ich mir nach der Arbeit einen Miettransporter und fuhr bei Percy vor. Ich lud meine wenigen Habseligkeiten auf und verabschiedete mich.

Eines Abends sagte Ulrike zu mir: „Ich bin erst aufgewacht, als ich dich wiedersah."

Es dauerte lange, bevor ich mit Ulrike schlief. Ich musste alle meine Gedanken ordnen. Aber unsere verspätete Liebe war zärtlich. Ich konnte mein Glück kaum fassen. Und von Sarah wurde ich akzeptiert; wir verstanden uns gut.

Nach zwei Monaten erwähnte Ulrike, dass nicht weit entfernt von ihrem Supermarkt ein Hausmeister in einer sozialen Einrichtung gesucht würde. Ich könnte mich gleich dort vorstellen. Diese Chance nahm ich wahr, und es gelang mir endlich einmal, einen ordentlichen Job zu bekommen .Man weiß nie, was passiert. Dinge ändern sich, wenn sich Dinge ändern.

Wir hätten gern ein Kind zusammen gehabt, aber dafür war es zu spät. So blieben wir drei vereint; wir trotzten dem Leben, so gut es eben möglich war. Wir fuhren im nächsten Sommer dorthin, wo die Kiefern wachsen, und jetzt bereitete mir der Duft nicht mehr die Bitterkeit, die ich vor Jahren empfand.

Seit einigen Wochen plagen mich merkwürdige einseitige Kopfschmerzen. Sie äußern sich durch einen langsamen Beginn, und schließlich werden sie unerträglich. Ich werde blass und muss mich dann oft hinlegen. Ulrike bringt mir Tee und rät mir dringend, zum Arzt zu gehen. Wenn die Schmerzen abschwellen, fühle ich mich so gut, dass ich es immer wieder verschiebe.

Doch eines Tages wird mir schwindlig und ich falle. Ich werde ins Krankenhaus gefahren. In meiner Benommenheit bekomme ich die Vorgänge nicht richtig mit. Am nächsten Tag besucht mich Ulrike. Sarah hat sie zu Hause gelassen. Sie möchte ihr derlei ersparen. Ich sehe Ulrike an. Sie sieht mich ebenfalls an. Sie muss geweint haben, und ich bemerke, dass sich feine Fältchen in ihre Gesichtszüge gegraben haben. Ja, auch sie ist älter geworden, und ich bin erstaunt, dass mir das erst jetzt auffällt. Sie hat mir Obst und Joghurt mitgebracht.

Ich bin aufgewacht und liege in einem anderen Zimmer. Irgendetwas ist an meinem Kopf. Es ist ein Verband. Benebelt starre ich lange an die Raumdecke. Mir ist nicht klar, welcher Tag heute ist.

Plötzlich öffnet sich die Tür und Ulrike kommt herein. Sie holt einen Stuhl heran und setzt sich zu mir. Sie wirkt müde und hält meine Hand. Ihre Augenringe erschrecken mich. Doch dann lächelt sie und spricht. Ich kann sie nicht hören, doch ich ahne, was sie mir sagen will.